浮気されて婚約破棄したので、隣国の王子様と幸せになります

登場人物紹介
✦ヴィンセント・フィオレンテ✦
とある事情により、ペルグラン公爵家を
訪れた青年。偶然ミシェルと出会い、
戸惑いながらもヤケ酒に付き合うことに。
物腰柔らかでスマートな青年だが、
イタズラっぽい一面も併せ持つ
魅力的な人物。その正体は……？
✦ミシェル・ペルグラン✦
ペルグラン公爵家の長女、地味で
目立たない優等生。訳あって淑女のフリを
しているが、実は強気な性格。
熱烈なナルシスと公開プロポーズを受け、
彼の浮気発覚を
きっかけに婚約破棄を決意する。

✦ナルシス・クレジオ✦
ミシェルの婚約者。クレジオ公爵家の
嫡男で、派手好きで華やかな令息。
学生時代から人気があり、クラスの
中心にいるタイプのイケメンだが……？
✦リンダ・ガルニエ✦
ガルニエ公爵家の嫡女、自信家で
勝気な美女。本気を出せば男は
みんな自分を好きになり、女は全員
自分より下だと思っている。
✦ミシェルの家族たち✦
心優しい、家族想いな一家。
公爵令嬢らしからぬミシェル本来の
強気な性格についても理解を示す。
ミシェルの将来を案じている。

目次

浮気されて婚約破棄したので、隣国の王子様と幸せになります

プロローグ

「ミシェル、俺と結婚してくれないか」

照れたように目を伏せて、ナルシス・クレジオが言う。

彼の微笑みは完璧で、パーティー会場のライトがまるで舞台のスポットライトのように彼を照らしていた。

「……私でいいの？」

思いもかけない言葉に驚いて、返事が遅れてしまった。

だって、彼が私に結婚を申し込むなんて。そんなこと、想像したこともなかったから。

気のせいか、周囲のざわめきが少し小さくなったように感じる。

「キミがいいんだ。真面目で、おしとやかで、優しいミシェルが。学生の頃からずっと好きだったんだ」

「うそ……そんなに前から……」

はにかむように言うナルシスに、呆然と呟きを漏《も》らす。

彼と同じ学び舎《や》に通っていたのは十二歳から十六歳までの間だ。

その間、彼との接点などほとんどなかった。

ナルシスはいつだって派手な学生たちの輪の中心にいて、私は教室の隅っこでひっそりと勉強をしているタイプだったから。

多少話すようになったのは、卒業後に社交界デビューをしてからのことだ。夜会で顔を合わせれば、同じ公爵家の人間として、親に連れられ会話に加わることもある。

けれどそれだって挨拶や領地の情勢、流行や経済なんか表面上の浅い話ばかりで、色気も何もない。

およそ恋愛に発展する気配など微塵《みじん》もなかったと言える。

「あ、もしかして信じられない？」

「ごめんなさい、だってそんな素振り、全然なかったから……」

戸惑いを隠せない私に、ナルシスが頬をかいて苦笑する。

周囲からチラチラと私たちに視線が向けられている。きっとナルシスのプロポーズが耳に入って、その行方《ゆくえ》を知りたくて聞き耳を立てているのだろう。私はそれが気になって仕方ないというのに、人の注目を集めるのに慣れているナルシスは気にした様子もない。

たったそれだけのことさえ正反対の私たちなのに、なぜ彼はプロポーズなんて。

「俺たちが馬鹿をやっている時に、キミは静かに微笑んで見守っていてくれただろう。あの優しい眼差しが忘れられないんだ」

困惑を隠せない私にナルシスは照れたように言って、「ダメかな」と遠慮がちに小首を傾げる。

艶《つや》のある銀色の髪が、さらりと揺れた。

その仕草を、少し可愛いなんて思ってしまった。

「だめ、じゃ、ないけど……」

それでも迷って視線を彷徨《さまよ》わせる。

我がペルグラン公爵家と、クレジオ公爵家。家同士の釣り合いは取れているし、お互いに適齢期の十八歳。悪い話じゃない。父も母も諸手を挙げて喜んでくれるはずだ。

だけど、どうしても気になる。

「本当に、私でいいの……？」

上目遣いにもう一度問う。

だって学生時代にナルシスがお付き合いをしてきた女性たちを知っている。彼と同じグループにいたのは、派手で積極的な子たちばかりだった。薄化粧に地味な服装ばかりの私とは、まるで正反対の。

「もちろんさ」

だけどナルシスは私の疑問を一蹴《いっしゅう》するように、華やかな笑みを浮かべて頷《うなず》いた。学生時代、女生徒たちに黄色い歓声を上げさせた、とろけるほどに甘い笑みだ。

それからそっと私の頬に触れて眩しそうに目を細める。

「自信を持ってくれミシェル。キミは磨けば輝く人なんだよ」

そんなふうに言われたのは初めてだ。誰の注目も集めないように、息を潜めて生きていたから。

どう返していいのか分からなくて遠慮がちに微笑む。

「ああほら、照れている表情もすごく可愛い」

それを恥じらいと取ったのか、ナルシスがうっとりしたように呟いた。

「お願いだミシェル、どうか頷《うなず》いておくれ」

懇願するように眉根を寄せて言うナルシス。それから優雅な動作で私の前に跪《ひざまず》く。その所作はとても様《さま》になっていて、まるで舞台俳優のようだった。私たちを見守る令嬢方から、陶酔《とうすい》したようなため息が漏《も》れるのが聞こえる。

それからナルシスは右手を差し出して、少し口調を変えてこう続けた。

「……俺に恥をかかせる気かい？　優しいキミがそんなことをするわけないよね」

ギクリと表情が強張る。

冗談めかして言っているけれど、その目は笑っていなかった。まさか断られるなんて思ってもいないという顔だ。学生時代からずっと彼は自信に満ち溢れていたし、それが許されるほどの確かな人気があった。

そんな彼が、教室の隅でひっそり生きてきた女に断られるはずがない。ましてや大人しくて勉強だけが取り柄の、色恋沙汰なんて無縁だったミシェル・ペルグランが、あのナルシス・クレジオにここまでされて落ちないわけがない。

誰もがそう思っているだろう。ナルシス本人でさえ。

ごくりと息を呑んで、周囲を見回す。

大公家主催の夜会に招かれた上級貴族たちが、パーティーに興じるフリをしつつ固唾《かたず》をのんで私たちの動向を見守っている。

これは公開プロポーズという名の見世物《みせもの》だ。

初めから私に断る選択肢など用意されていない。

だけどそう、たとえこれが二人きりの時に言われた言葉でも。

私はきっと、断ったりはしなかった。

「……ええ、喜んで」

微《かす》かな笑みを浮かべて、差し出されたナルシスの手を取る。

その瞬間、ナルシスの表情がパッと輝きを増した。

「ああ、ミシェル！　愛しているよ！」

嬉しそうに言って、私の手の甲に口付ける。

その瞬間、会場内の音楽が華やかで明るいものに変わった。私たちを見ていた誰かが、楽隊に合図を送ったのだろう。顔見知りの貴族たちが代《か》わる代《が》わる寄ってきて、口々に祝福の言葉を述べていく。

こうして私は、ナルシスの婚約者としての一歩を踏み出したのだった。

◇◇◇

十二歳で貴族の子女が集う国立学園に入学して、卒業するまでの四年間。

私は地味で目立たない優等生だった。

それまでは自領の屋敷の外に出ることもなく、箱入り娘として育ってきた。だから初めて家族以外、しかも同年代の子たちと交流ができることに胸を躍らせていた。

けれど、そんな私に父は言った。

『学園では淑《しと》やかに振る舞いなさい』と。

元来勝気で、言いたいことを言わずにはいられない性格の私を、父なりに慮《おもんぱか》っての言葉だったのだろう。この国では控えめで貞淑な女性が好まれるから。

結婚こそ女性の幸せとされているこの国で、嫁の貰い手がないというのは悲惨だ。だから良家の令嬢は皆そのように教育される。

うちは大らかな教育方針だったから、家庭教師は淑女教育を指導してくれたけれど、強制されるほどではなかった。そういうものもあるのね、程度のものだ。

そのせいで伸び伸びと育ってしまった私を見て、父は危機感を覚えたのだろう。

実際、入学当初から家族と同じように同級生たちに接していたら、遠巻きにされていたかもしれない。同年代の女の子たちは皆私よりもずっと落ち着いていて、大人びていたから。

多少の理不尽さを感じながらも父の言いつけを守った結果、白い目で見られずに済んだことを今は心から感謝している。

だけど、入学まで『淑女の振る舞い』を重要視していなかったため、どうするのが正解なのかよく分からなかった。何をしても間違ってしまいそうで、言いたいことを言えないのだ。

それでも少しでもお淑《しと》やかに見えるよう、私なりに可能な限り教師には礼儀正しく振る舞った。愚か者に見えるといけないからと勉強を頑張った。

その結果が『地味で目立たない優等生』だ。

新しいことを学ぶのは楽しいから苦にはならなかったけれど、試験の範囲以上のことを質問するのは控えた。出しゃばりだと思われそうだから。

教師の言い分が間違っていると感じても、反抗的な態度を取ったり、言い返したりというのは当然封印した。生意気そうに見えるから。

授業中の発言を控え、休み時間はクラスの中心人物との関わりを徹底的に避けた。少しでも目立つと色々質問されるから。

聞かれたら答えたくなる。答えたら私からも聞きたくなる。教えてもらったらもっと知りたくなるだろう。そうなったらきっと、勝気な部分が露呈してしまう。

淑女が尊重されるこの国では、私の男勝りな性格は致命的だ。

主張をグッと堪えているうちに、私は無事目立たない生徒として認識されるようになった。

かといって、正しく淑女然としている女生徒たちにも近寄りがたい。私の「淑女」はあくまでも偽物であって、彼女たちのように芯から気品があるわけでも温和なわけでもない。すぐに嘘を見破られるのではないかと恐れて、深い関係は築けなかった。

そのせいで友人らしい友人もできないまま、誰に対しても表面だけ取り繕って、上滑りしていたように思う。

勉強しか興味ありません、みたいな顔で、誰からも嫌われないように本当の自分を押し殺していた。

それが正しいのだと信じて。

ところがナルシスたちのようないわゆる「一軍」と目される男子生徒たちと一緒にいるのは、明るく派手な女生徒ばかりだった。彼女たちは自分の主張を当然のごとく行い、男子生徒の肩や腕に躊躇《ちゅうちょ》なく触れ、大声で笑い、時に感情的に涙を流す。

淑女とは正反対の彼女たちを見て、最初のうちは「あんな明《あ》け透《す》けでは嫁の貰い手がなくなってしまう」と余計な心配をした。

なのに彼女たちは男子生徒たちと親しげで、当然のように笑い合う。そして私や正しく淑女である他の女生徒たちを嘲笑うのだ。

きちんと教育されてきた高位貴族の子女の中には眉を顰《ひそ》める人もいた。けれど社交界ではともかく、学園内での力関係はナルシスたち「一軍」の方が上だったように思う。

なぜ彼女たちはああも奔放《ほんぽう》に振る舞えるのだろう。なぜ目立つ男子はああいう女子を好むのだろう。

モヤモヤしたものを抱えながら、それでも自分をさらけ出すのが怖くて私は彼女たちのことを遠巻きに眺めていた。だけどたぶん、それは羨望に似た気持ちだったのだと思う。

彼女たちが男子生徒に受け入れられているように見えるのは、女性としてではなく友人としてなのだと自分に言い聞かせながら。

だからナルシスにプロポーズされた時、私は戸惑うのと同時に「やっぱり自分は正しかったのだ」と、そう思った。

そして同時に「勝った」とも思った。

そこには確かに驕《おご》った気持ちがあったのだ。

だからそう、きっとこれは罰なのだろう。

浅ましいことを考えてしまった、私への。

◇◇◇

――なるほど、こういうことだったのね。

妙に冷静な頭でそんなことを思う。

あの夜会での公開プロポーズから、一年が経っていた。正式な婚約者としてナルシスの屋敷に通い、クレジオ公爵家の領地のことや女主人としての心得などを学び、結婚まで後少しという時のことだった。

「ミシェル!?　なぜお前がここに!?」

ドアが開いたことにようやく気づいたナルシスが、慌てたように飛び起きた。

「きゃー！　いや！　見ないでよ!!　あっち行ってちょうだい!!」

半裸の女性が金切り声で悲鳴を上げるのを、冷めた目で見る。

「なぜって、『父上に呼び出された』と席を外したはずのあなたを、クレジオ公が捜しに来たからだけど」

お義父様が呼ばれたのではないのですかと聞き返した私に、クレジオ公は「呼び出した覚えはないが」と首を傾げた。

だから私も不思議に思いながらも捜しに来たのだ。

けれどそんなことより、私の方こそこの状況を説明してほしかった。

「ところで、なぜ、リンダ・ガルニエ様がここに？」

目の前の光景を見たら、聞くまでもないのだけれど。

「なぜって、それは、その……」

しどろもどろになりながらナルシスが視線をあちこちに彷徨《さまよ》わせる。

ナルシスの部屋の、ナルシスのベッドの上。

裸の男女が一組。

正確には、全裸ではなかったけれど。一応、彼らの口から事実を確認しておく必要がある。

「ふん……バレちゃしょうがないな。ミシェル、お前が思っている通りだ」

落ち着きを取り戻したのか、言い訳のしようがないと悟って開き直ったのか。

ナルシスが乱れた前髪をかきあげながら言う。

それから彼は、シーツだけを身に纏《まと》ったリンダの裸の肩を抱き寄せた。

「彼女こそが俺の最愛の人だ。分かるだろう」

後ろめたいことなど何ひとつないみたいな、強気な態度でナルシスが言う。

隠す気のない言葉にリンダが嬉しそうに頬を染め、うっとりとナルシスを見上げた。

「……ごめんなさいねぇ、ミシェル。あなたに恨みはないのだけど、私たち、ずぅっと前から愛し合っているの」

それからナルシスに寄り添い、勝ち誇った顔で美しい笑みを浮かべるリンダ・ガルニエ。

ガルニエ公爵家の嫡子で、正式な跡継ぎとして定められた大輪の薔薇のような女性。いつだって自信に満ち溢れ、地味で冴えない私を教室の中央から見下すように笑っていた彼女。

なるほど、ともう一度思う。

「……つまり、跡継ぎ同士では結婚できないから、私をお飾りの妻にするつもりなのね」

震える声で言う。

兄のいる私とは違って、長子であるナルシスとリンダには家を継ぐ責務がある。だから、おそらくそういうことなのだろう。

俯いて感情を堪えるので精一杯だった。

「察しがいいじゃないか。さすがガリ勉女だな」

「ぷっ、悪いわよナルシス。優秀だから、パッとしない彼女でもあなたとの婚約を認められたので

しょう？」

きっと学生時代から陰でそう呼ばれていたのだろう。

確かにそう称されても仕方のない生き方をしていた。

「最初から私は、あなたに愛されていたわけではなかったのね……」

「はっ、誰がお前のようなつまらない女を本気で好きになどなるか」

声だけでなく肩まで震え出したのを見て、ナルシスが鼻で笑った。

「あなたみたいな冴えない女にナルシスはもったいないわ」

同調するようにリンダが言って、二人で私を嘲笑う。

たぶん、結婚してからも今日みたいに領主の仕事を私に押し付けて、リンダと密会する気だったのだろう。この舐め切った態度を見るに、もしかしたらいずれは私に二人の関係を認めさせるつもりさえあったのではと疑ってしまう。「一軍」の彼らからすれば、「教室の隅」の私なんて強く言えば簡単に従う弱者に見えただろうから。

どこまで人を馬鹿にするのだろう。

だけど、言質《げんち》は取れた。充分な自白をもらって、ふうっと深く息を吐く。

それから真っ直ぐに顔を上げて二人を見据えた。

「そうね。私もあなたみたいな低能とは合わないと思っていたところ」

にっこり笑って言う。

地味で真面目な私が言い返すなんて思わなかったのだろう。二人は目を見開いて言葉を失った。

その顔、最高ね。

でも、ダメ。

まだこれで終わりじゃない。

開けっ放しのドアに手を掛けたまま、一歩下がって廊下に視線を向ける。

「お義父様……いえ、クレジオ公。お聞きになりましたでしょうか？」

「なんだと⁉　父上がおられるのか⁉」

「嘘でしょ⁉　騙《だま》されないわ！」

その言葉に、ナルシス達が色めき立つ。

「……ああ。しかと聞いたよ、ミシェル」

地を這《は》うような声と共にクレジオ公が廊下から室内へ足を踏み入れる。

ナルシスは口を閉じることができないようだった。

「ちがっ、これは、ちちうえ、そのっ」

面白いくらいに私に対する態度とは違う。アワアワと必死で言い訳をしようとするのが、哀れで無様だ。滑稽な姿に失笑しそうになる。

「馬鹿息子が取り返しのつかないことをしてしまった。処罰を含め、全て君の望むようにすると約束しよう」

沈痛な表情でクレジオ公が言う。

息子の非道な行いを叱るより先に、私の心情に寄り添おうとしてくれる。そんな彼を私は心から尊敬していた。

ナルシスの妻になることより、彼の義娘になれることの方が嬉しいくらいだったのに。

「ありがとうございます。では速やかに婚約の破棄と妥当な慰謝料の支払いを。それから破棄に至った原因を公《おおやけ》に。たとえばその――」

ゆっくりとクレジオ公からナルシスたちへ視線を戻す。

「幼児プレイを目撃してしまった私がショックで寝込んだ、なんてことを、特に詳細に」

わざわざ作らせたのか、ナルシスの胸元には大きめのヨダレ掛けが装着されている。それに大人サイズの布おむつまで。ご丁寧なことに、ベッドの端には赤子をあやすための音の出るおもちゃもある。私がこの部屋のドアを開けた時、ナルシスは幼児言葉を見事に操りながらリンダの胸に吸い付いていたのだ。

そのせいでさっきから笑いを堪えるのが大変だった。

だってその格好のまま、決め顔で愛だのなんだのと言っていたのだから。

「なっ、ミシェル、貴様ふざけるなよ！」

ナルシスが頬を朱に染めながら、カッとした顔で叫ぶ。

「ふざけているのはお前たちだ!!」

すかさずクレジオ公の一喝が室内に響き渡った。

「ひゃんっ」と情けない声を上げて首を竦《すく》めるナルシスがますます滑稽に見えて、勘弁してほしいと思いながらも咄嗟《とっさ》に口許を手で覆う。

「……もちろんクレジオ公爵家の名誉を損うのは本意ではありませんので、その辺は伏せていただいても結構です」

「構わん。全て嘘偽《いつわ》りなく明かそう」

怒りのせいか、クレジオ公の拳は震えている。感情の向かう先を決めかねているのか、顔色が赤くなったり青くなったりと忙しい。

「よろしいのですか？」

自分で言っておいてなんだが、もし私の言う通りにした場合、ナルシスは嫡男としての立場を間違いなく失うことになる。社交界でスキャンダルはご法度《はっと》なのだ。

「……ああ。もうアレはいらん。君が支えてくれてようやくどうにかなったはずだったのだ。優秀な次男に家督を譲るいい口実ができた」

「父上そんな！　ご冗談でしょう⁉」

クレジオ公の言葉に、アレ呼ばわりされたナルシスが悲鳴のような声を上げる。

「冗談でこんなことを言うと思うのか。どこまで人生を舐め切っているのだ貴様は。貴族の義務も果たさず金を使うばかりの貴様に、帰る家はないと思え」

「お義父様……」

クレジオ公がこんなに激しい感情を見せるのは初めてだ。胸が痛む。婚約して以来私に対する態度が雑になったナルシスとは違い、彼はずっと私に優しかった。

「先ほどは感情に任せてあんなことを申しましたが、彼の方に原因がある、と明言していただくだけでも構いません」

だから、ついつい同情的になってしまう。

「そこまで言ってくれるのか。本当に、辛い思いをさせてしまってすまないな……」

自分の方こそ辛そうな表情でクレジオ公が言う。

ロクに勉強もせず遊び惚《ほう》けてばかりのナルシスに、手を焼いているのだと苦笑交じりにおっしゃったことがある。君には期待している、しょうもない息子だが支えてやってくれと、まだ十八の娘に丁寧に頼んでこられた時には面食らってしまったっけ。

「……父には悪いようにしないでほしいと伝えます」

「必要ない、と見栄を張りたいところだが……助かるよ、ありがとう」

そう言って苦笑する様は痛々しい。

わずか数分の間にドッと老け込んでしまったように見える。

「もちろん、ナルシスの廃嫡を条件に私からも許しを請《こ》いに行くつもりだ」

「嫌だ！　嘘です父上！　リンダとのことはただの遊びで、愛しているのはミシェルだけなんです！」

「はぁ!?　結婚したらミシェルの部屋でヤろうって言ってたくせに！」

「うるさい黙ってろ！　俺の将来がかかってるんだぞ!?」

ぎゃあぎゃあと罵《のの》り合う姿は醜悪《しゅうあく》だ。いまさら取り繕ったところで許す女がいると、本気で思っているのだろうか。

ありえない。

すでに用意されているらしい私の部屋は、主を迎えることなく空き部屋に戻ることだろう。

「醜《みにく》い争いは後になさいませ」

なかばうんざりしながら、強い口調で二人の言い争いに割り込む。二人は血走った目で私を睨みつけた。

だけどちっとも怖くない。今この場で、立場的に一番強いのは私なのだ。

「ああそうですわ、リンダ。ナルシスが廃嫡になるなら、あなたと結婚できるのではなくて？」

パチンと両手を打って提案してみる。我ながらなんていい考えなのだろう。

最愛の恋人同士だというのなら、廃嫡の苦難を乗り越えてでも一緒になりたいはずだ。リンダはガルニエ家の跡取りなのだから、地位を失うことはない。むしろ愛する人の窮状を救えて、より絆《きずな》が深まるのではないだろうか。

「む、むりよ……」

けれどさっきまで私を睨んでいた強い視線が弱まり、途端にリンダが目を泳がせる。

「なっ、なぜだリンダ、さっきのはこの場をとりなすための嘘だって分かっているだろう？」

ナルシスが焦ったように言って、彼女の両肩を掴んで揺する。

「あら、どうして？　ナルシスは家を継がないのだもの。跡取り同士という障害は消えたでしょう？」

リンダの親が許すかは別の話ではあるけれど、愛する人とならば立ち向かえるはずだ。なんせ傀儡《くぐつ》の妻を仕立ててでも続けたいくらい、強い想いなのだから。

「だって私には、もう！　……っ」

「もう、なぁに？」

言葉を詰まらせたリンダに無邪気を装って聞くと、彼女はじわじわと額に汗をかき始めた。

不思議ね。今日は過ごしやすい気温だし、リンダはとても涼しそうな格好をしているのに。

意地の悪い気持ちでそんなことを思う。

『ガルニエ公爵家に、隣国の末王子が婿入りするようだ』

そんな不確定情報が出回り始めたのはつい最近のことだ。

財政状況が傾き始めているガルニエ家は、多額の持参金つきのその縁談を大歓迎しているらしい。

海沿いに位置するレミルトン王国は、貿易で潤った裕福な国だ。その末王子の婿入りなんて、先方はきっと目も眩むような大金を用意してくれることだろう。

まだ噂好きの女性たちの間でしか流れていないネタだ。だけどたぶん、真実なのだろう。だって噂話と自慢話が大好きなリンダのことだ、「ここだけの話よ」とか「あなたにだけ教えるんだけど」とか言って、自ら情報を漏《も》らしていた可能性が高い。

「……っぅぐ、なんでもないわ」

ぷいっと顔を背けて吐き捨てるように言う。さすがにそのことを口にすれば不利になると気づいたのだろう。

婚約の話が表に出ていなければ、リンダ側は独身時代のちょっとした火遊びで済む。相手が国外の人間であれば、うまく隠せると思っているのかもしれない。リンダの表情には、そんな打算が見え隠れしていた。

「リンダ嬢、あなたも覚悟召されよ」

逃げを許さないとばかりに、クレジオ公が冷たく言う。

リンダが怯えた顔をしつつも、真意を測りかねたように眉根を寄せた。

婚約相手がいるからナルシスとは結婚できないとか、ぬるいことを言っていられる状況じゃないということに気づいていないのだろうか。他人事ながら呆れてしまう。

私の望み通り婚約破棄に至った原因を明らかにするということはつまり、リンダの行動もすべて白日《はくじつ》の下に晒《さら》されるということなのに。

突然浮気を暴かれた混乱で、そこまで頭が回っていないらしい。

婚約の話が立ち消えになるだけで済めば上等だ。だけどおそらく、慰謝料の問題や国家間の揉《も》め事に発展する可能性が高い。そうなれば彼女の跡継ぎとしての立場も危ういものになるだろう。

ああ、でも全てを理解した上で、それでもナルシスとの愛を望んでいるのかもしれないけれど。

ならばあえて私が教えてあげる必要はないか。

「良かったですわね。これからはコソコソ会う必要がなくなるのだもの」

これから複雑な立場に立たされるであろう二人の未来には気づかないフリをして、薄く笑みを浮かべながら言う。

「どうぞ私のことなどお気になさらず、お幸せに」

そう言ってクレジオ公を促し、ナルシスの部屋を出る。
閉じたドアの向こう。
悲鳴染《じ》みた罵倒《ばとう》の応酬《おうしゅう》が聞こえ始めたのは、すぐのことだった。

第一章　酒は飲んでも飲まれるな

大きなバスケットの中に詰められるだけ詰めて、屋敷の裏口へ向かう。外はとても良い天気で、うららかな日差しに自然と足取りが軽くなった。

「あら、お嬢様。裏庭に行かれるのですか？」

「あっ、ええ、そうなの……」

スキップを始める寸前でメイドに呼び止められ、慌てて俯く。

彼女は心配そうな顔をしている。つい先日婚約破棄になったばかりだ。私がすっかり塞ぎ込んでいると思っているのだろう。

「お供いたします。モップを置いて参りますので、少しお待ちくださいますか？」

「いえ、その、実は一人になりたくて……」

彼女にとっては、たった二週間前に婚約者に裏切られて傷付いた可哀想なお嬢様だ。悲しげな顔をすると、沈痛な面持ちで「出過ぎた真似をお許しください」と頭を下げてくれた。

古株はともかく、ここ数年で雇った使用人たちは私の本性を知らないのだ。慰めを必要としていると考え、気遣ってくれたに違いない。

「いいの、気にしないで」

健気《けなげ》に明るく振る舞うフリをしつつ、本気の明るい声で言う。

主人やその家族と程良い距離を保ってくれる優秀なメイドだ、変に気に病まないでほしい。後で父に彼女の献身ぶりを伝えておこうと思う。心配してくれたことに礼を言って再び歩き出す。

早く裏庭に行きたかった。

一人になりたいのは本当だ。


植物の生い茂る中にぽつんとあるガゼボに辿《たど》り着く。

屋敷をぐるりと取り囲むように造られた庭園には、計三ヶ所のガゼボがある。その中でも私はここが一番好きだった。

他よりも花をつける植物が少ないこの場所は家族から不人気で、老いた庭師以外あまり人が来ないのだ。

「……っはぁ～落ち着くわ」

ベンチに座り、テーブルにバスケットを置いて思い切り伸びをする。空を仰《あお》いで、しばしぼんやりした後、バスケットに被せていたテーブルクロスを敷いて、中身を次々に並べていく。

「よし、と。これくらいでいいかしら」

ぱんと手を合わせ、それから最後に取り出したワインボトルからコルクの栓を抜いた。

「乾杯」

一人で気取ったように言って、ワインを注いだばかりのグラスをカチンとボトルに当てる。

「……っふ、くふふ」

堪えても、笑い声が後から後からこぼれてくる。早速一口目を飲んで、すがすがしい気持ちで再び青空を見上げた。

ナルシスとの婚約破棄が成立して二週間。

社交界の同情は見事に私に集まっている。

真面目で優秀なミシェル・ペルグラン。跡取りとして能力の足りないナルシスを補うために、一生懸命だった彼女を裏切るなんて。晩餐会やダンスパーティーを始め、貴族の集まりではそんな話題で持ち切りらしい。

公開プロポーズの弊害とでも言おうか。もともと注目の的だった私たちの婚約の結末は、あっという間に広がってしまった。しかもセンセーショナルな詳細付きだから尚更だ。なんと、クレジオ公は私との口約束をきちんと守ってくれたらしい。

おかげでナルシスの秘められた嗜好《しこう》は、白日《はくじつ》の下に晒《さら》されてしまった。

それだけではない。手続きや引き継ぎの関係でまだのようだが、ナルシスの廃嫡はもはや時間の問題とされている。クレジオ公はナルシスを助ける気はないようだ。

家督相続権を弟に譲る手続きを、ナルシス自らの手でやらせていると聞いた。劣等感を抱いて毛嫌いしていた優秀な弟に譲る手続きなんて、さぞ屈辱的だろう。しかも自分の仕事のほとんどを私に押し付けていたから、かなり苦労するはずだ。

一応関わっていた者の責任として手伝いを申し出たけれど、さすがにそこまで甘えられないとクレジオ公は断った。ナルシスに会わせるなんて酷なことはできないし、責任と言うならあいつにこそ取らせねばならないと厳しい表情で彼は言った。

現在ナルシスはロクに出歩くこともできず、自室にほぼ軟禁状態らしい。

私が望む以上の対処をしてもらえて、言うことナシだ。

そこにさらに嬉しいことが重なった。

なんと、リンダの婚約も破談になりそうなのだという。

やはり隣国の王子との婚約は事実だったらしい。多額の持参金をいただくどころか、賠償請求される羽目になるとか。

慰謝料請求ではなく、賠償請求だ。

どうやら婚約を機にガルニエ領として隣国との貿易関連の契約もしていたらしく、それら全てがふいになってしまった。もはやガルニエ家のお家騒動という話では収まらない。このままでは国際問題にも発展しかねないため、この国のトップであるマーディエフ大公家から最大限穏便に済ませるために全力を尽くせと厳しいお達しが出ているとか。ガルニエ公爵家は今、洒落《しゃれ》にならないほどの修羅場らしい。

だから今日は、その祝杯をあげるために一人でここに来たのだ。

さすがにここまで大事《おおごと》になることを望んでいたわけではなかったけれど、正直ざまぁみろという気持ちも大きかった。私の人生を丸ごと犠牲にしようとしていた二人が、今まで通り明るい日の下を歩くのを許せるほど私の器は大きくない。

だけどそれを人に見せるほど愚かでもないつもりだ。そんなことをすれば、あっという間に私への同情はなくなるだろう。

根っからの淑女というのは無理でも、家の外だけでいいから淑《しと》やかに振る舞えと諭してくれた父に感謝だ。おかげで誰も彼もがナルシスとリンダを責め、私を慰め励ましてくれる。

とはいえ、社交界ではスキャンダルはご法度《はっと》だ。いくら同情を集めたところで、結婚目前で婚約破棄された傷物であるという事実は覆《くつがえ》らない。そんな令嬢をわざわざ妻に迎えようなんて酔狂な貴族はそういない。

家族の心配もひしひしと感じているし、早く気持ちを切り替えて社交界に復帰しなくてはという気持ちもなくはないのだけど。

「悲しい顔でいれば無理に次の相手を探せと言われないいし、淑女のフリをするのももう疲れてしまったのよね」

ため息交じりに一人ボヤく。

正直、結婚はもうこりごりだ。いくら淑女のフリをしたって、偽物ではどうせまた愛されずに利用されるだけ。そんな人生はごめんだった。

ならば、好きに生きようと思う。

父には悪いけれど、猫を被ったままどこかに嫁ぐより、行かず後家として領内の仕事を手伝って心穏やかに生きる方がずっとマシに思える。

ああそうだ、結婚という枷《かせ》がなくなったのだから、ずっと憧れていた国外に出てみるのもいいかもしれない。

だから、あんな男のことはさっさと忘れて人生を謳歌しよう。

そう、ナルシスなんか。

グラスの残りをぐいっと飲み干す。

顔が真上を向いた途端、つうっと涙が頬を伝った。

「……っ、ふ、……っぅ」

嗚咽《おえつ》と共に、胸に苦いものが広がっていく。

「ナルシスのばかっ……！」

コン、と空になったグラスを乱暴にテーブルに置く。

正面を向いた途端、大粒の涙が後から後からこぼれ落ちていった。

清々した気持ちは確かにある。だけどそれ以上に今は悲しみが胸を塞いでいた。

突然のプロポーズには困惑したけれど、嬉しかった。学園の人気者が、私を見初《みそ》めてくれるなんて。きっと彼は本当の私を見つけ出してくれたんだ。そう思った。

だから彼を愛そうと決めた。

一生尽くそうと思った。

あの場での選択肢を断たれていたとはいえ、決めたのは自分だ。

彼の手を取った瞬間、猫を被ったままでいようと、ペルグラン家とクレジオ家の橋渡し役として両家を守り立てようと誓った。

なのに、あんなことになるなんて。

あの場で怒鳴り散らしてやれば良かった。あんたなんて最低と言って、頬を引《ひ》っ叩《ぱた》ければどれだけスッキリしただろう。

だけどナルシスがあんな間抜けな格好をしていたせいで、その機会は永遠に失われてしまった。不発に終わった怒りは燻《くすぶ》り続け、今もモヤモヤを抱えたままだ。

その憂《う》さを晴らすために、一人ワインとつまみを持ってここに来た。祝杯なんてただの口実だ。

再びグラスにワインを注ぐ。

一気に飲み干して、もう一杯。

飲み下すごとにワインは涙になって、ぼたぼたとこぼれ落ちていく。もうなんの涙なのかも分からない。怒りなのか悲しみなのか、それとも悔しさなのか。

灰色のテーブルクロスには黒々とした染みが広がっていく。それは私の中に溜《た》まった感情が出ていく様のように見えた。涙と共に、裏切られた怒りとやり返してやった満足感がみるみるしぼんでいく。

気が強いからといって、傷つかないわけではない。あんなシーンを見せつけられて、見下されていたことを知って、平気でいられるほどタフではないのだ。

あっという間に半分近くまで減ったワインボトルを持ち上げる。

味なんてほとんど感じない。もったいない飲み方をしている。自分でも分かっていた。こんなお酒、本当はちっとも楽しくない。

「グスッ……？」

鼻をすすって、ヤケクソな気持ちで再びワインを注ごうとした時、何かの気配を感じて反射的に振り返る。

そこには、驚いた顔で立ち尽くす見知らぬ青年がいた。

「……どなた？」

わずかに警戒しながら問いかけると、彼は一瞬天を仰《あお》いで目を瞑《つむ》った。

「……申し訳ない、少し庭を見せてもらっていたんだが」

それから彼は、意を決したように気まずそうな顔で進み出た。

「ミシェル嬢とお見受けする」

「ええ、そうよ」

口調からすると、どうやら泥棒や悪漢の類ではないらしい。

少しホッとして姿勢を正す。

「なんというか……タイミングが悪かったようで……」

「気になさらないで」

答えながら彼の全身に素早く視線を巡らせる。

年の頃は私より三つか四つ上だろうか。私をこの屋敷の娘と判断した上での言葉遣いを見るに、彼もどこかの公爵家の人間かもしれない。

我がマーディエフ大公国は、小国が寄り集まってできた国だ。それをまとめあげた筆頭国の首領を大公とし、それ以外の国の首領が公爵の位を授かったため、公爵家が二十近くある。各当主とその配偶者、それに嫡子の顔と名前は把握しているけれど、さすがに次子以下は知らない家も多い。

それに父の顔が広いおかげか、この屋敷にはしょっちゅういろんな貴族が出入りしている。もしかしたら公爵家ではないけれど、それに比肩する財力や権力を持つ家の誰かかもしれない。

ただ、うちより爵位が高い家なんて大公家しかないから、どう転んでも私より地位が上ということはないはずだ。大公家の人間なら全員記憶している。

「その、ハンカチをお貸ししようか」

じっと観察する私に、青年が言う。まずい場面に居合わせてしまったというのが表情にありありと浮かんでいる。

それでも取り出したハンカチを、躊躇《ちゅうちょ》なく私に差し出した。今も垂れ流しの涙を拭えというのだろう。

「ありがとう」

ありがたく受け取って、若干呂律《ろれつ》の回らなくなった口で礼を言う。

それから遠慮なく涙でグシャグシャの顔を拭きながら思う。

鼻水もついてしまったというのに、嫌な顔ひとつしない。

たぶんこの人、いい人だ。

「……父に御用かしら」

困った顔のまま立ち去ることもできず、私の目の前に立つ青年を見上げて問う。

「ああ。もう用件は済んだのだけど。許可をいただいて、見事な庭を見ているうちに迷い込んでしまって」

「そう。この後のご予定は？」

「うん？　今日はもう特には。せっかくだから街へ出て色々見て回ろうかと」

良かった、約束事はないようだ。

ならばこの善人に、図々しいお願いをしようと思う。

「つまり暇なのね？」

「……いや、だから暇というわけでは」

決めつけるような言葉に彼が苦笑する。

面倒な酔っ払いに絡まれて可哀想に。どこか他人事のように思う。適当に話を切り上げて逃げたって問題ないのに、まともに相手をしてくれるなんて。

やっぱりこの人、絶対いい人だ。

「ハンカチのお礼をしたいわ。あなたも飲んでおいきなさい」

「ええ⁉」

酔っぱらって判断力の低下した頭で、不躾《ぶしつけ》なことを言う。

シラフなら絶対にやらない。猫を被るまでもなく、非常識な振る舞いだ。けれど今はとにかく酔っていて、しかも憂さ晴らしをしたいのに愚痴《ぐち》る相手もいない。

だいたい、泣きながら一人寂しく酒盛りしているところを見られているのだ。いまさら常識人ぶったって手遅れだ。

「ええと……しかしその……」

青年は明らかに戸惑った顔で周囲を見回した。

だけど、生憎《あいにく》ここには滅多に人が来ない。大声で助けを求めたって無駄だ。

「とりあえず、お掛けになったら？」

悪人のようなことを思いながら、正面のベンチを笑顔で勧める。

「だが、それは……そうだ、俺の分のグラスもないし」

逃げ道を見つけたという顔で青年が言う。

だから私が使っていたグラスを持ち上げて、ドポドポと勢いよくワインを注いだ。

「どうぞ、こちらをお使いになって？」

にこりと笑いながら言うと、有無を言わさぬ圧に負けたのか、青年がぎこちなくグラスを受け取った。

「けど、今度は君の分が」

「私のグラスはここにありますわ」

偽者の淑女の笑みを浮かべ、右手に持ったままのものを掲げてみせる。

万事休すとばかりに青年は片手で目を覆った。

「それはワインボトルと言うのだよ……」

青年は力なく言って、これ以上は無駄だと悟ってくれたのか、ため息を吐いて私の正面に腰を下ろした。

「乾杯」

「……乾杯」

グラスとボトルを合わせて仕切り直す。完全に巻き込まれた形なのに、ちゃんと付き合ってくれるらしい。

やはりいい人だ。

たまたま迷い込んでしまったばかりに災難ね。他人事のように同情しつつ、ボトルの注ぎ口に唇をつけた。

「結構いけるクチなんだね」

グビグビとワインを飲む私に、彼が感心したように言った。

「そうかしら」

お酒は好きだ。楽しい気持ちになれるから。

人前では滅多に飲まないようにしているけれど、十六で飲酒が解禁されて以来、家で父と飲む時のペースはずっとこんな感じだ。お酒好きの父の血を色濃く継いでいるのか、どうやら人より強い方らしい。

「もしかしてお酒嫌いだった？」

「いや、そんなことはない」

まだ口をつけていないグラスを見てそう言うと、彼は苦笑しながらグラスを鼻先に近付けた。

「……いいワインだ」

そう言って、彼は少し口に含んでからゆっくり味わうように飲み下した。

「それ、父の秘蔵ワインなの」

「んぐっ」

私の言葉に、青年が噴き出しそうになる。

「ちょっと失礼」

それからグラスを置いて、慌てたように私の手からワインボトルをむしり取った。巻いてある白い布を取り去り、ラベルを確認して微《かす》かに青褪《あおざ》める。

「……庶民の収入一年分」

「あら大袈裟よ」

笑いながら言ってボトルを取り返す。ついでにもう一口飲んでから彼を見ると、呆れた顔をしていた。

「勝手に持ち出したの？」

「鍵はかかっていなかったわ」

あえてズラして答える。

だけど、すぐに察したようだ。

「お父上に叱られるのでは」

「いいのよ。おめでたい日用だって言ってたし」

「……君にとって今日はめでたい日ということ？」

「ええ、そう。とてもね」

澄ました顔でチーズを取る。やはりワインにはチーズがよく合う。

「ペルグラン公爵家の令嬢は傷心中って聞いたんだけど……」

疑わしげな顔で私の頬の辺りを見る。涙の痕《あと》でも確認しているのだろうか。だけど残念ながら、彼のハンカチのおかげですっかり乾いてしまっている。

「妹のことかしら？　社交界デビューのダンスでトチったたって泣いていたわね、そういえば」

可哀想に、とため息交じりに言ってチーズをかじる。

私と違って繊細な妹だ。後で個人レッスンに付き合ってあげよう。

「まあ、君がいいならいいけどさ」

諦めたように言って、彼もグラスに口をつける。ワインの出処はもう気にしないことにしたらしい。空になったグラスにワインを注ぐ。

「口をつけてしまったもので申し訳ないけれど」

「そんな細かいことを気にしていたら、この酒は飲めないだろ」

「それもそうね」

私が笑うと、彼も笑った。

ようやく苦笑ではなく、ちゃんと楽しそうな笑みだ。

「じゃあええと、おめでとう、でいいのかな？」

彼がグラスを掲げる。

もう一度きちんと乾杯をしようというのだろう。

「ありがとう。この良き日に」

「良き日に」

再びグラスとボトルを合わせて、互いにワインを飲む。

ああ、楽しい。

細かいことをグダグダ言い続けないあたり、好感度抜群だ。

それから、ふと気になったことを口にした。

「ところであなた、お名前は？」

今更なことに気がついて聞いてみる。

彼も自分が名乗っていないことに気づいたのか「そういえばそうだな」と呟いた。

「ヴィンセントだ。呼び捨てでいい」

「そう。じゃあ遠慮なく。私もミシェルでいいわ」

家名を名乗る気はないらしい。

色々な打算や思惑があってのことだろうが、賢い判断だと思う。こちらとしてもその方がありがたい。家名や爵位を知ってしまったら、しがらみができることになる。もちろん父にどんな用があったのかも聞かない。せっかく楽しいのだから、何も気にせず飲んでいたい。

これはあくまでも突発的な酒の席で、一度限りのことなのだから。

もうボトルの残りは少ない。このボトルが空になったら彼を解放してあげるつもりだった。

「――それでね、自分からプロポーズしてきたくせに全然手を出してこないわけ」

「一見誠実な奴だな」

「そう、それ！　婚約前は遊びまくってたけど、結婚相手となると別なのかなってちょっと好感度上がってたのよ」

酔った勢いに任せてナルシスのことを語る。

愚痴《ぐち》みたいにしたらヴィンセントもうんざりするだろうから、できるだけ面白おかしく話した。

そのおかげか、彼は興味深げに聞いてくれる。聞き上手なのか、笑ってほしいところで笑ってくれて、的確な相槌《あいづち》を打ってくれるのが小気味良かった。

「まさか特殊プレイ愛好家だったなんて」

「付き合ってやれば良かったのに」

「それ本気で言ってる？」

「まさか」

思い切り顔を顰《しか》めると、彼はイタズラっ子のような目つきで笑った。

「全く。ならヴィンセントが付き合えばいいのだわ」

「男色の気はないが」

「相手が女性だったら付き合えるってこと？」

「恋人のリクエストには可能な限り応えたいね」

「お優しいこと」

調子のいいことを言って、肩を竦《すく》めて笑う。

ヴィンセントは飄々《ひょうひょう》としていて、気取ったところが全くない。女性を見下すような態度もないし、侮るような雰囲気もないのが心地いい。それとは別に、妙に話しやすくて警戒心を解いてしまう。

アルコールが回っているせいか、初対面だというのに十年来の友人のような気安さを感じる。

「ああ、もう最後か」

あっという間にワインは尽きて、気のせいかもしれないけれど彼は名残惜しそうな顔になった。

「ところでヴィンセント」

だからバスケットに手を突っ込み、中に残っていたものを引っ張り出した。

「もう一本あるのだけど、いかが？」

新たなワインボトルを両手に掲げ持って、笑顔で小首を傾げながら問う。

ヴィンセントは目を丸くした後で、唐突に噴き出した。

「待って、まさか全部一人で飲む気だったの？」

「当然よ」

「どこの酒豪だよ。ちょっとそれ見せて」

笑いながら差し出された手に素直にボトルを渡すと、彼は布を剥いで真っ先にラベルを確認した。

「……さっきよりいいワインじゃないか」

ヴィンセントが頭を抱える。

さっきもラベルを見ただけですぐに価値を理解していたし、どうやらお酒にはかなり詳しいらしい。私も嫌いじゃないけど、ヴィンセントはただお酒が好きというだけではなさそうだ。

「えらい？　褒《ほ》めてくれてもいいのよ」

なかなか良いチョイスだと思うのだけど。

得意げに言うと、彼は「ペルグラン公に同情を禁じ得ないよ」とつぶやいて眉尻を下げた。

「なにせおめでたいもので」

「分かった、付き合うよ」

言い訳にもならない私の言葉に、お手上げのポーズでヴィンセントが苦笑する。

だから空になったグラスに新たなワインを注いであげた。

そのグラスを持って、ヴィンセントが吹っ切れたような顔で笑う。

「それで？　次は何に乾杯する？」

「そうね、じゃあナルシスの新しい門出に！」

「あはは、物は言いようだ」

取ってつけたようなお題目に、ヴィンセントが朗らかな笑い声を上げる。

「ヴィンセントは何か祝いたいことはないの？」

「そうだな、ではナルシスくんと本命さんが結婚できるようになったことに」

と言ってボトルにグラスを合わせる。

どうやら最後まで私に合わせてくれるらしい。

何か含みを感じた気もするが、酩酊し始めた頭ではよく分からない。

そんなことよりも二本目のワインも美味しくて、初対面の相手だというのにますます楽しくなっていい気分だった。

「ねぇ、二人は本当に結婚すると思う？」

彼らの行く末に興味はないものの、ヴィンセントの考えを知りたくて身を乗り出して聞いてみる。

彼はグラスを持ちながら軽く肩を竦《すく》めた。

「真実の愛なんだろう？　本命の女性も親の決めた金目当ての婚約がなくなったなら万々歳じゃないか」

「まだ正式に破棄になったわけじゃないみたいだけど」

「時間の問題さ。財力と真実の愛なら、天秤は愛に傾くと思わない？」

「普通の女性ならそうかもしれないけど、リンダだからねぇ……」

もしかしたらヴィンセントはリンダのことをよく知らないのかもしれない。

彼女の派手な装いと、お金のかかった美しい容姿を思い浮かべる。ガルニエ家は財政難と聞いていたが、美容への投資を控えている様子はまるでなかった。他国の大金持ちとの結婚が決まっていたからに違いない。

もし廃嫡されたナルシスと結婚したら、さすがにあの生活は続けられないだろう。この状況でナルシスが持参金を持たせてもらえるとは思えないし、二人の能力でガルニエ家を立て直せるとも思えない。果たしてあのリンダが貧乏生活に耐えられるだろうか。

意地の悪いことを考えてしまうけれど、たぶんこれはリンダへの嫉妬の気持ちもあるのだと思う。自分らしさを隠すことなく、ナルシスとお互いの深いところまで見せ合える関係を築き上げたことが羨ましいのだ。

「……でもそうね、自分をさらけ出せる相手が一番よね」

「そうそう。無理して合わない人間と結婚したって幸せにはなれないさ」

したり顔で言って、ヴィンセントがグラスに口をつける。

彼にそんなつもりはないのだろうけど、無理をして生きてきた私に対する揶揄《やゆ》に聞こえて恥ずかしくなった。だから、つい軽口を叩きたくなってしまう。

「特にプレイ内容とかね」

「ごふっ」

明《あ》け透《す》けに言うと、理不尽な意趣返しにヴィンセントが思い切りむせた。

「よくこぼさなかったわね」

一滴もワインを垂らさなかったのを見て、変に感心してしまう。絶妙なタイミングだったのにワインを噴き出さないなんてすごい。

「げほっ、あのねぇ……」

口許を押さえながら、ヴィンセントが恨みがましい視線を寄越す。

「はぁ、全く……けほっ」

けれど酔っ払いに説教をしても意味はないと判断したのか、短く嘆息《たんそく》するだけだった。

「あら大変、まだ咳が。何か飲まれた方がよろしいですわ」

白々しく言って、半分に減ったグラスにワインを注ぎ足してあげる。

「お気遣いどーも」

さすがに怒るかと思ったけれど、ヴィンセントは微《かす》かに笑っただけだった。

「君って結構いい性格してるね」

それから皮肉ではなく、面白そうに言う。

「そうなの、私ってば世界一性格がいいのよ」

「……いい性格と、性格がいいってのは正反対の意味だと思うけど」

「あらそう？　なら、あなた言い間違えてたわ」

しれっとした顔で返すと、ヴィンセントが軽く頬を引き攣《つ》らせる。

それから弾けるような笑顔になった。

「ホント、いい性格してる」

くくく、と肩を揺らして笑い、ヴィンセントがグラスを呷《あお》る。その屈託のない笑顔に、思わずぽかんと口を開けてしまう。

この国で気の強い女は好まれない。実際にそう感じる場面も多かったし、だからこそ息苦しくても父の助言に従ってきた。

けれどヴィンセントは違うらしい。

どうせもう会うことはないし……と、開き直って素の私を見せても彼は楽しそうに笑うばかりだ。

淑《しと》やかなフリをするのにはすっかり慣れたつもりでいたけれど、自分を偽《いつわ》らなくてもいいというのは想像していたよりずっと爽快なものだった。

にわか仕込みの酒宴は、ワインボトル二本がすっかり空になるまで続いた。

また今度、なんて言葉はどちらからも出なかった。

それでいいと思った。

その日私はすっかり涙も悔しさも忘れて、とてもいい気分で眠りについたのだった。

第二章　良いワインは喜びをもたらす

あの酒宴の日以来、鬱屈《うっくつ》とした思いはかなり晴れたように思う。

強がりでも空元気でもなく、自分の精神が落ち着いているのを感じる。

「ミシェル、明日の大公家主催の夜会なんだが……」

晴れやかな気分で朝食を食べていると、父が遠慮がちに声を掛けてきた。

ナルシスとの婚約を破棄して以来、社交パーティーには一切出席していない。まだそんな気分になれないと断り続けてきたせいで、父はかなり気を遣ってくれるようになった。

それでも今回ばかりは声を掛けざるを得なかったのだろう。大公家のパーティーは、かなり大規模なものだ。国外からの来賓が参加することも多いし、公爵家の人間ならば病気でもない限り出席するのが普通だ。

「……ええ、そうね。気分転換に参加してみようかしら」

父の面子《メンツ》もあるし、ずっと傷ついたフリをしているわけにもいかない。前向きな返事をすると、父の顔がパッと明るくなった。

「そ、そうか！　うむ、いつまでも塞ぎ込んでいても仕様がないしな！」

「よかったわ、ミシェル。少しは元気になったみたいね」

安心したように表情を緩める父と、嬉しそうに笑う母に申し訳ない気持ちになる。確かに気落ちしていたのもあるけれど、半分以上は面倒で出たくなかっただけなのだ。

「私はもう大丈夫。心配かけてごめんなさい」

微笑んで答えると、両親はホッとしたように顔を見合わせた。

「ミシェルにその気があるなら、俺の友人を紹介しようか？　お前を気に入っている男は案外多いんだ」

「お兄様……ありがたいお話だけど、それはあくまで『ペルグラン公爵令嬢ミシェル』を、よね？」

「……うん、まあ、そうだな」

私の問いに、兄が歯切れ悪く頷《うなず》く。

自分の妹が外ではどう見えているのか、そしてそれが本来の私とはどれほど違うのか、十分に知っているのだ。

出来損ないの淑女でも、大人しくて聞き分けが良い若い娘というのはそれなりに需要がある。だけどそれを求めて寄ってくる人間なんて、きっとロクなものではない。ナルシスとの一件でそう悟ってしまった。

「私、疲れてしまったの。このままの私を愛してくれる人がいないというのなら、結婚はもういいわ」

「そうか……ではもう何も言うまい」

兄は苦笑して引き下がってくれた。

もともと家にいる時のミシェルの方が好きだと言ってくれる優しい人だから、猫を被った状態を良いという男性を無理に勧める気はなかったのかもしれない。ただ、この後の人生を一人で歩ませるのは不憫《ふびん》だと思ってくれたのだろう。

「すまないミシェル、私のせいで……」

心苦しいという表情で父が言う。私がこうなった原因が自分にあると思っているらしい。

「気になさらないでお父様。娘の将来を思ってのことだと分かっているもの」

猫を被るようになったのは確かに父の助言がきっかけだけど、やらなければ良かったとまでは思わない。

私がこうなってしまったのは、あくまでも私のやり方が下手だったせいだ。

実際、気の強い女というのは社交界では敬遠される。それは社交界に出てから身に染みて理解した。父に従わず自我を通していたら、間違いなく学園でも社交の場でも浮いた存在になっていただろう。

「だがミシェル、自分らしく過ごしていれば少なくともあんな男には……」

「いい勉強になったわ。どんなに良い子でいても、どんなに尽くしても、応えてくれない人間はいるんだなって」

「お姉様、あんなに頑張っていたのに……」

妹が涙ぐんで悔しそうに言う。

姉想いの良い子だ。妹は私と違って無理なく淑女に育ち、容姿も優れていて、それこそ引く手数多だろう。変な男に引っかからないように私がついていてやらねば。

特にナルシスみたいな駄目男には。

「ほらほら、せっかくミシェルが元気になったのだもの、暗い話はもうやめにしましょう？」

「そうだな、料理が冷めてしまう」

「ごめんなさい、お母様」

「今日のスープは特に絶品だな。うちのシェフは世界一だ」

母の言葉を合図に和《なご》やかに笑い合い、食事が再開される。婚約破棄以来、味気なく感じていた食事もここ数日はとても美味しい。

やはりあの憂さ晴らしの酒宴が良かったのだろう。

人間、溜《た》め込みすぎるのは良くないのだ。

「ところでミシェル」

父に呼びかけられ、ナイフを持つ手を止める。

「その……私のワインセラーに入ったり、なんてことは」

「していないわ」

言いにくそうな父に、薄く微笑んで淀《よど》みなく答える。

「そ、そうか……ならば良いのだ……」

髭をたっぷり蓄えた威厳のあるお顔が、しょんぼりと悲しげに萎《しお》れた。さすがに少し胸が痛む。

この家で酒飲みは父と私だけだ。母と兄と妹は下戸なので絶対に手を出さない。

誰が聞いても私の返答は嘘なのだけど、恐らくそれに気づいた全員が父から目を逸らした。私が元気ならそれで、という思いやりに満ちた空気を感じる。父もそう思うからこそ強く突っ込めないのだろう。ありがたい話だ。娘が立ち直るための必要経費だったということで、今回は涙を呑んでもらおう。

けれどさすがに申し訳ないので、そのうちクレジオ公爵家からいただけるらしい慰謝料で何かいいお酒を買って返そう。そう決意した。

◇◇◇

華やかな空気は嫌いではない。けれど、どうしてだか自分はいつも場違いな気がして苦手だった。だけど今日、久しぶりに参加して気づいた。苦手だったのは、こんな楽しげな空間で淑女のフリをしていなくてはならなかったから。我を出さないように大人しいフリをしていたせいで、いつも会話が上滑りしていたのだ。

淑女というのは何を好むのだろう?

淑女ならただ静かに微笑んでいるべき?

そんなことばかりを考えて、結局は何を話せばいいのかも分からず、女性たちの輪になかなか加われなかった。

本当は豪奢なドレスも好きだし、大ぶりのアクセサリーも好きだし、他の女性たちとファッションの情報交換をしてきゃあきゃあとはしゃいでみたかった。

「あら、ミシェル様。お久し振りですわ」

「まあ、サラ様。ご無沙汰しております。そのネックレス素敵ですわね」

「嬉しい、お気に入りですの。実はこれはタウンゼンドの……」

だけど、もう私は自分を偽《いつわ》らなくてもいいのだ。結婚相手候補に見られているかもしれないなんて怯える必要はない。素直に話したいことを話せばいい。そう思うと気が楽だった。

これまで挨拶と天気の話くらいしかしたことがなかったのに、あれこれ聞く私にサラ・ウィテカーは嫌な顔ひとつせず答えてくれる。学生時代もボロを出さないよう必要最低限の受け答えしかできない私に、いつも気を遣って話しかけてくれていた素晴らしい人格者だ。

侯爵家の一人娘であるサラが身につけているものはどれも本当にセンスがよく、実のところこれまでも気になっていたのだ。

「ミュゼ通りにそんなお店ができたなんて存じませんでしたわ。今度覗いてみますわね」

「ええ、是非。本当に素敵ですのよ」

ああ、なんて楽しいの。

趣味じゃないアクセサリーを褒《ほ》める必要もなく、好きなものを好きと言えるなんて。

「……その、ミシェル様さえよければ、ご一緒しませんこと？」

「いいんですの!?」

遠慮がちに問うサラに、思わず前のめりに問い返す。淑女ならありえない所作に、サラが圧倒されたようにのけぞる。

ああ、やってしまった。

今のはきっと社交辞令だったのだろう。そんなことにも気づかず、浮かれて彼女の思惑と違う反応をしてしまった。嫌われてしまっただろうか。

淑女の振る舞い以前に、貴族の付き合い方というものを学ぶべきだった。これまで上辺の付き合いしかしてこなかったツケが回ってきている。

「……ミシェル様、何か吹っ切れたようなお顔をなさってますわね」

落ち込みかける私に、けれどサラは嬉しそうに笑う。

「そ、そうでしょうか」

「ええ。以前より明るくなられたようで安心いたしました」

「……ご心配くださり恐縮いたしますわ」

控えめに微笑みを返す。

彼女は独りの人間を放っておけない性質《たち》のようで、こうしてさりげなく声を掛けてくれる。それが偽善ではなく本心からなのだというのは、私の変化に気づいてくれたことからもよく分かる。

明るくなったと感じるのは、私が素の自分を出していくことに決めたから。それがサラのような善人にとって不快じゃないらしいことが嬉しい。

「では、来週末などいかがでしょう？」

社交辞令ではないことを示すように、サラが具体的な日取りを提案する。

まう。

「ええ、その日でお願いします」

嬉しさのあまり涙が滲《にじ》みそうになるのを堪えて、時間や行く場所を詳細に決めていく。

同年代の女性とあてもなくショッピングなんて、悲しいことに初めてだ。興奮で頬が紅潮してし
「実は皆で心配しておりましたの……その、クレジオ公の御子息について、あまり良い噂を聞かなかったものですから」

「まぁ、そうでしたの……私一人知らなくてお恥ずかしい限りです」

淑《しと》やかなフリをしていたのは、もちろん女性の前でもだ。男女で態度の違う女は蛇蝎《だかつ》のごとく嫌われるから。そのせいで女友達が少なかったことが悔やまれる。

「ええ。婚約者でもない女性に手を出していたとか」

言いづらそうなサラの言葉を聞いて半眼になる。

ナルシスが派手なグループにいたことは見ていれば分かったけれど、素行が悪いことまでは知らなかったのだ。今なら分かるが、きっと学生時代からそうだったのだろう。

もし学生時代から彼女と仲が良ければ、ナルシスと婚約なんてしないで済んでいたかもしれない。たとえ公開プロポーズから逃れる術はなかったとしても、少なくとも彼に尽くそうとはしなかったはずだ。

やはり自分を偽《いつわ》ってもいいことはない。そもそも最初から地を出していれば、都合のいい女としてナルシスから目を付けられることもなかったのだから。

「これからはその、私も皆さんのお話に交ぜていただけますか？」

面と向かって「お友達になってください」と言うのはなんだか子供みたいで気恥ずかしい。それでも少し恥じらいながら問うと、彼女はパッと顔を輝かせた。

「もちろんですわ！　ミシェル様とはもっとお話ししてみたいと思っていましたの！」

そう言ってサラは私の手を引き、少し離れたところからこちらを窺っていた友人たちの輪に早速入れてくれた。

最初は戸惑っていた彼女たちだが、警戒することもなく笑顔で招き入れてくれた。サラの友人というだけあって、皆いい人たちばかりだ。

すぐに素の自分をすべて見せるというのはまだ難しかったけれど、おかげで打ち解けるまでにそう時間はかからなかった。

「――ああ、おかしい。ミシェル様ったらそんなことを考えてらしたのですね」

「実はそうですの……やっぱり変でしたかしら？」

学生時代の思い出話や、ナルシスやリンダへの鬱屈《うっくつ》した思いを、何重にも重ねたオブラートに包んで吐露《とろ》すると、彼女たちは目元を拭いながら笑ってくれる。

「いいえちっとも。むしろ私たちと同じでホッとしました。今まではどこか近寄りがたい雰囲気がありましたもの」

「本当に。こんな雅《みやび》やかな方とお話ししたら絶対に恥をかくって、遠巻きにしていましたわ」

「ええ!?　そんなふうに思われていましたの？」

地味でつまらない女だから友達ができないのだと思っていた。だからある意味仕方のないことだと諦めていたのだ。なのに、お高くとまったスカした女というまさかの方面で嫌われていたなんて、あまりにも嫌すぎる。

「私、本当は大雑把でがさつな人間でしてよ」

「大雑把かは分かりませんけど、気さくで親しみやすい方だと知ることができて嬉しいですわ」

「……好意的に解釈してくださってありがとう」

私の言葉をいい感じに言い換えて、彼女たちは上品にクスクスと笑い合う。そこに嫌味や皮肉は一切なくて、話していてとても楽しかった。

彼女らのような人たちこそ『淑女』と呼ぶのだろう。

気詰まりだったパーティーを、こんなに浮かれた気分で過ごせるなんて初めてだ。こんなことならもっと早く来ていればよかった。

もう自分を偽《いつわ》る必要なんてどこにもないのだから。

「……あら」

サラの友人の一人、ルーシーが唐突に眉を顰《ひそ》めて、少し険のある声を上げた。

一瞬私に対してのものかと身を固くしたが、視線はどうやら私の遥か後方に向けられているようだ。

「ミシェル様、少し場所を変えましょうか」

表情を穏やかなものに戻して、彼女がおっとりとした声で言う。

「構いませんけど、急にどうなさった、の……」

そう言いながら視線の先を追って振り返り、言葉が途切れる。彼女は私に気を遣ってくれたのだとすぐに分かった。

だって視線の先、遠く離れた会場の隅に。

二度と会いたくないと思っていた男が立っていたから。

「ナルシス……」

呟いた声は小さく震えた。

「ミシェル様、あまりお気になさらずに……」

「行きましょう。見つかる前に」

「あの男、よくもこの場に顔を出せたものね」

彼女たちが私を宥《なだ》めるように言って、励まそうとしてくれる。

だけど申し訳ないことに、私の声が震えたのはショックとか動揺とかそういう可愛いものではなかった。

「いいえ、私、行きますわ」

私の胸は、怒りと闘志で燃え上がっていた。

こんなことだから、淑女なんてどう足掻《あが》いてもなれないのだけど。

「行くって……どちらへ？」

おそるおそるといった様子でサラが問う。

私は彼女を安心させるように微笑んだ。

「あの男とケリをつけに」

その笑みがサラの目にはどう映ったのだろう。

ナルシスに向けて力強く踏み出した視界の端で、彼女の頬がわずかに引き攣《つ》ったのが見えた。


――少し、やつれただろうか。

会場を横切り、真っ直ぐにナルシスのもとへ歩きながらそんなことを思う。

いつもの自信に満ち溢れた態度は消え失せ、視線が定まらず挙動不審で、落ち着かない様子だ。

それにしても、なぜナルシスがここにいるのだろう。

常であれば公爵家嫡男がいるのは不思議でもなんでもないけれど、なにせ廃嫡寸前の男なのだ。

クレジオ公なら、社交の場には出したりなさらないだろうに。

ナルシスは同年代の男連中に囲まれて、一見和《なご》やかに話しているように見える。

けれど近づくにつれて、どうやらそうではないらしいと気づいた。

「ほらぁ、せっかく連れてきてやったんだからもっと楽しめって」

「そうだ、酒取って来いよナルシス。楽しくなるぜ」

ナルシスを囲む中から、嘲《あざけ》るような響きを帯びた言葉が聞こえてくる。見知った顔ばかりだ。同年代の中でも、特に目立つ貴族令息たち。ナルシスと一緒にいると、いつも周りに寄ってきたから覚えている。

「あ、俺のもよろしく」

「俺のもー」

「あ、へへ、うん、そうだな」

会話の内容がはっきりと聞こえて、思わず眉を顰《ひそ》める。

これまでナルシスを頂点としてへいこらしていた連中が、ここぞとばかりに彼を見下す態度を取っているのだ。ナルシスはナルシスで、言い返しもせずヘラヘラ笑っている。

「ナルシスは酒よりミルクがいいんじゃないか？」

「あはは、言えてる。ママのミルクもらって来いよ」

ゲラゲラと笑う様にげんなりしてしまう。あまりにも下品だ。これが貴族のすることだろうか。

前はさんざんナルシスのご機嫌伺《うかが》いをしていたくせに、立場がまるで逆転してしまっている。クレジオ公爵家を継ぐことが絶望的だと知って、今まで見下されてきたことに対する仕返しのつもりだろうか。

ナルシスは確かにいつも偉そうだったけど、爵位を盾に何かを強要したことはない。自分たちが望んで媚《こび》を売ってきたくせに、廃嫡が決まった途端にこれとは。

「ナルシス」

ナルシスの情けない態度にも、周囲の男性たちの醜悪《しゅうあく》さにもうんざりだ。腹立ちまぎれに割り込むと、一斉に視線が集まった。

「ミシェルじゃないか！　元気になったのかい、嬉しいなぁ」

率先してナルシスを馬鹿にしていた男が、いぶかしげな顔をした後で私に気づいて相好《そうごう》を崩した。一見親しみのこもった態度だが、その目が新しいおもちゃを見つけた子供のように輝くのを私は見逃さなかった。

「ええ、まぁ。ナルシスに話があるの。いいかしら」

「ああ、可哀想なミシェル……辛かっただろう。ナルシスなら俺が代わりに懲《こ》らしめておいてやるから、無理はしないでくれ」

大仰《おおぎょう》なアクションで嘆くように言う。心にもないことを言っているのが丸分かりだ。

「いいえ、自分で話したいの。最後がうやむやになってしまっていたから」

「分かるよ。傷はすぐには癒えないだろうとも。好きなだけ文句を言って少しでもスッキリするといい」

何も分かっていないくせに。

したり顔で言われてイラッとする。

なんだか偉そうでいい男を気取っているこの男。確か公爵家の次男坊で相続権を持たないために、ナルシスに取り入って自分の地位を向上させようとセコいことを目論《もくろ》んでいたのだっけ。

虎の威を借る狐も引くほどの小物ぶりで、心の中でこっそりと『ナルシスの腰巾着《こしぎんちゃく》』と命名していたのを思い出す。ナルシスの地位が下がった今、この烏合《うごう》の衆の中で自分が一番のつもりなのだろう。

「ほら、ナルシス。お前の元婚約者様が会いに来てくれたぞ」

「良かったでちゅねー、ちゃんと謝るんでしゅよー？」

周囲が囃《はや》し立てるように笑う。ナルシスの性嗜《しこう》好を揶揄《やゆ》しているのだろう。面白いと思っているらしいそのニヤついた顔が、いかにも下劣《げれつ》だ。

「あ、ああ、えへへ、分かってるよ……」

反論もなく、卑屈《ひくつ》な愛想笑いを浮かべながらナルシスが言う。

今までは婚約者の私が隣にいても、奪う気満々の女性たちが寄ってきていたのに、今日はそれもない。すっかりプライドをへし折られてしまったのだろう。

その情けなさに、再燃しかけたナルシスへの怒りがみるみる鎮火していく。なんだかガッカリだ。少しくらい言い返す気概はないのだろうか。

こんなつまらない男のせいで、私は鬱屈《うっくつ》とした気持ちを抱えていたなんて。

「ご、ごめんなミシェル……」

視線をあちこちに泳がせながら、ナルシスが薄っぺらい謝罪を述べる。ぺこりと頭を下げられたって、心には響かなかった。

「ホントひどいやつだよ、お前は。こんな真面目な子を騙《だま》すなんてさぁ」

「ありえないよな。一途で献身的な婚約者をないがしろにするなんて」

「まあ、確かにリンダの胸は最高だけど」

「言えてる。尻もいいよな。目移りする気持ちも分からなくはない」

ドッと男たちが笑う。自分たちがどれほど下卑《げび》た顔をしているのか、気づいていないのだろうか。

私を気遣うフリでその実、私をも笑いものにしているのは明らかだった。

お山の大将から転げ落ちた男と、その男に従うしかない地味でつまらない女。この男共は自分たちの優位を確信して、強い立場に酔っているのだ。

言い返すのは簡単だったけれど、そんな気にはなれなかった。不完全燃焼で終わってしまった怒りにケリをつけるためにわざわざ来たけれど、ここまで落ちぶれたくはない。

「可哀想に、こんな男に騙《だま》されて憔悴《しょうすい》して……ん？　化粧変えた？　なんだか前より……」

腰巾着《こしぎんちゃく》が言葉を途切れさせ、下品な笑みを消した。それから私の頭から足先までをじっくり観察する。

その視線のおぞましさに寒気がして、思わず一歩後退してしまう。

「……なるほど。ナルシスを見返そうと努力したのか。いいじゃん、似合ってるよ。よく見たら前よりかなり綺麗になったな」

どこから目線なのか分からないが、ニタニタ笑いながら腰巾着《こしぎんちゃく》が私を評する。

「それとも別の男を探しに来たのか？　このままじゃ行き遅れ確定だもんな。あ、もしかして俺の好みに合わせたとか？」

冗談じゃない。

地味な化粧も髪型もドレスもやめて、自分の好きな格好に戻しただけだ。

別にナルシスのためではないし、ましてやこの男のためなんかでは決してない。

「悪くない。悪くないよ、ミシェル……そんなに結婚したいんだ？　俺色に染まるなら考えてやってもいいぜ」

熱っぽい目で一歩距離を詰めて、得意げに笑う顔があまりに気持ち悪くて身震いがする。

「おお、また公開プロポーズか？　ミシェルやるじゃん」

腰巾着《こしぎんちゃく》の手下たちの間から、囃《はや》し立てるような声が上がった。

「ナルシスのお下がりを貰ってやるなんて心が広いなぁ」

そうやって無責任に盛り上げるせいで、単純にも焚《た》きつけられた腰巾着《こしぎんちゃく》がまた一歩近づいてくる。

「……下品で愚かで低俗」

こんな状況では、もはやため息しか出ない。

「へっ？」

「あなたたちみたいな男しかいないのなら、永遠に結婚なんてしないわ」

表情ひとつ変えず淡々と告げる。腰巾着《こしぎんちゃく》と取り巻きたちがぽかんと口を開けた。

おとなしくて従順なミシェル・ペルグランが、何か言い返すなんてこれっぽっちも考えていなかったのだろう。

それにしても間の抜けた顔だ。頭の回転も良くなさそうだから、理解が追い付かないのかもしれない。

「弱いものいじめは楽しい？　ナルシスを馬鹿にしているあなたたちこそ赤ちゃんみたい。最低よ」

「なっ、ミシェル貴様……っ」

馬鹿にされていることにようやく気づいたのか、腰巾着《こしぎんちゃく》たちが怒りに顔を赤く染める。

「ミシェル……俺のために……」

その横で、何やら感動したような顔でナルシスが目に涙を浮かべた。

なんなのこの男は。

下劣《げれつ》な言葉を向けられている私を庇《かば》うどころか、矛先《ほこさき》が自分以外に向いてホッとした顔をしていたくせに。

「あなたはもっと最低。話す価値もないわ」

顔を歪《ゆが》め、吐き捨てるように言う。

こんなやつ、罵倒《ばとう》するだけ時間の無駄だ。

私がどれだけ傷ついたか訴えたって、きっと「俺だってつらいんだ」とか「これでおあいこだろう」とか言うに違いない。

どんな言葉をぶつけたって、全て都合良く受け取って、心から反省することなんてないのだろう。

「そんな！　待ってくれミシェル！」

もう声を聞くのも不快だ。さっさとその場を離れようと背を向けた私に、ナルシスの声が追い縋《すが》る。

「ミシェル様……！」

ナルシスを無視してそのまま会場を立ち去ろうとすると、ハラハラした顔でサラが駆け寄ってきた。どうやら心配してここまでついてきてくれたらしい。

今にも私を庇《かば》うために飛び出しそうな決死の表情を見て、思わず笑ってしまう。

「もう大丈夫ですわ」

無事を証明するように両手を広げてみせると、涙目のサラがよくやったとばかりにガッツポーズをしてくれた。

「あ、あんな人と同じレベルに落ちる必要ありませんわっ」

「……本当にそうですわね。思いとどまれてよかった」

ふっと肩の力が抜ける。サラの泣きそうな顔を見たせいだろうか。

たぶん、やり返さずに済んだのはナルシスたちと話す前に彼女たちと話していたのも大きいと思う。せっかくの楽しい気持ちを、あんな男たちのせいで台無しにするべきではないと気づいたのだ。馬鹿なことをしなくて本当によかった。

「サラ様のおかげで、優しい気持ちでいられましたわ」

「……結構きつく言い返してらしたように見えましたけど」

私の言葉に、サラが疑り深い表情になる。

「あら、そうでしたかしら？　あんなの挨拶程度ですわよ」

にこりと笑って言うと、サラが呆気に取られたような顔をする。

「……ふふっ、ミシェル様ったら」

それから耐えきれなくなったように、小さく噴き出した。つられて私もクスクスと笑い声をもらす。

「戻りましょうか、皆様のところへ」

「そうですわね。あの方たちともっと沢山お喋りをしたいです」

サラの誘いを受けて、今すぐ帰りたいという気持ちが薄れていく。

少し話しただけでも分かる。サラを含め、彼女の友人の令嬢たちはまさしく私の考える淑女そのものだ。だというのに、学生時代の私とは違って魅力的で可愛らしい。

繊細な気遣いと、機知に富んだ会話。それこそが真に求められるものだったのだと、根本から理解できた。

それは私の間違った淑女像とは大違いで、我ながら恥ずかしくなった。もちろん淑女もどきをやめた今でも、彼女たちには見習わなければならないことが沢山ある。

そもそも私のやっていたことは『淑《しと》やか』でも『控えめ』でもなく、『地味』で『根暗』なだけ。私はただ無意味な我慢と抑圧を自分に課していただけだったのだ。

そんな女性が魅力的なわけがない。ただの都合のいい女にしかなりえなかったのも納得だ。だからといって、あんな扱いを受けてもいいことにはならないけれど。

「ミシェル様のご雄姿、私が再現して差し上げます」

「嫌ですわサラ様。恥を広めるのはおやめくださいませ」

「あら、殿方を前に一歩も引かない姿は素敵でしたわ」

「サラ様は見る目がないのね。変な男に引っかからないようにお気をつけ遊ばせ?」

澄ました顔で特大のブーメランを投げると、サラは私の自虐を解して、気遣うのではなく軽やかな声で笑った。

　なんだかおかしくなって、サラと手を取り二人で笑いながら歩き出す。

「ねえ、ミシェル様。先ほどのお約束、皆様も誘ってみませんこと？」

「素敵ですわ！　どうしましょう、ワクワクしてきました！」

　令嬢たちの輪に戻りながらサラの素晴らしい提案にぱちんと手を打つ。

「あら、なんのお話ですの？　私たちにも教えてくださいまし」

　笑顔で戻ってきた私たちを見て、心配そうな顔で待っていた令嬢たちがホッと表情を緩め、温かく迎え入れてくれる。

　大人しくても、控えめでも、魅力的な女性は沢山いる。サラたちと話していると、自分がいかに愚かだったのかを思い知って恥ずかしかった。

　けれど私は勝気な私を嫌いではない。彼女たちのようになるのは無理でも、彼女たちに好かれるような人間になりたい。自然とそう思えた。

「ナルシス!?　なぜお前がここにいるのだ！」

　背後でクレジオ公の声が聞こえて振り返る。

　ものすごい剣幕で、ナルシスがこの場にいることを責め立てている。なぜナルシスがいるのだろうと思っていたけど、やはりクレジオ公の意に反して勝手に潜り込んだらしい。

　そういえば腰巾着《こしぎんちゃく》が連れてきてやったとかなんとか言っていたっけ。馬鹿なことをしたものだ。きっと腰巾着《こしぎんちゃく》たちもクレジオ公を通してなんらかの処罰を受けることだろう。

ひっそりせせら笑って、サラたちとの穏やかな会話に戻る。

その日、ナルシスはすぐにつまみ出され、後日クレジオ公から正式な謝罪を受けた。

クレジオ公はすっかり老け込み、哀れになるほどやつれていた。

◇◇◇

きゅぽんとコルクを抜いて、グラスにトクトクとワインを注ぐ。

タイミングよく爽やかな風が吹いて、自然と唇の端が持ち上がった。

香りを十分に楽しんでからグラスに口をつける。

それから晴天を見上げるようにワインを飲み干した。

もう涙は出なかった。

「ちょっと、今日最高じゃない？」

一人ウキウキと呟いて、二杯目のワインを注ぐ。

先日のパーティーのおかげで、ナルシスへのわだかまりはすっかり消えたらしい。今日の天気のように、心はカラリと軽やかだった。

二度目の祝杯は、我ながらとても良いスタートを切れた。これは前回より気分良く飲めそうだと思ってから、そういえば前回も最後は気分が良かったなと思い出す。

――ヴィンセント。

結局何者かも分からなかったけれど、彼と飲むのはとても楽しかった。

あれから何度かここでアルコールなしの日光浴をしたけれど、さすがに遭遇することはなかった。

そんなに頻繁に公爵家への用があることなんてないだろうから、当然と言えば当然なのだけど。

また迷い込んできたらいいのに。

ふと、そんなことを思いながらワインを注いだグラスを持ち上げる。それからなんとなく。本当になんとなく、背後を振り返った。

一瞬、思考が停止する。

そこにはなんと、たった今思い浮かべたばかりの人がいた。あちらも私がいるとは思わなかったのか、目を丸くしたまま立ち尽くし、しばし無言の時間が流れる。

見つめ合ったまま、注いだばかりのワイングラスをついと正面の席に、手元も見ずに押し出した。

「……今日は予定の確認もなく強制参加なんだ？」

「参加したくてここに来たのでしょう？」

ヴィンセントは笑いながら言って、まるでそこが指定席かのようにすんなりと正面のベンチに腰を下ろした。

「まあ、そうかも。なんとなくまた飲んだくれてる気がして」

「あなた予言者？」

「実はそう」

軽口を叩き合って旧知の友のように笑い合う。

挨拶もないけれど、それが妙に心地よかった。

なんの約束もない二度目の対面だというのに、不思議とぎこちなさは少しもなかった。

「それで、今日は何の祝杯？」

ごく自然な動作でワインの入ったグラスを傾け、乾杯をするために私に向ける。

「……ヤケ酒かもしれないでしょう」

「その顔を見れば分かるよ」

「どんな顔かしら」

「酒がすごく美味いって顔」

面白がる表情で言われて、思わず自分の頬を押さえる。言われてみれば、確かに今までで一番ワインを美味しく感じていたかもしれない。

「酒宴はそうでなくちゃね」

「ホントそうね。楽しく飲まなくちゃ」

見透かされているのは気恥ずかしかったけれど、なんともないフリで肩を竦《すく》め同意する。

ヴィンセントの言う通り、お酒は楽しまなくては損だ。

前回のアレはヴィンセントが来るまではちっとも楽しくなかった。本当にもったいないことをした。せっかくの良いワインを、半分近く無駄にしてしまったのが悔やまれる。

「めでたいことがあるなら一緒に祝わせてよ」

「……そうね、言うなれば今日は独立記念日的なものかしら」

「規模大きくない？」

ヴィンセントが笑う。

「私的にはそれくらいの大事件だったのよ」

考えても、イマイチ他にしっくりくる言葉が見つからなかった。

ナルシスとのことに無事ケリがついたし、友人と呼べる人間が一気に四人も増えたし、何より自分を取り繕わない楽しさを知ることができた。おめでたいことがあまりに多くて、どう頑張ったって一言では言い表せそうにない。

だけど、とにかくスッキリしたのだからそれでいい。わざわざ元婚約者に心から幻滅してどうのこうの、なんて細かい話をする気はなかった。

「独立記念日、ねぇ。うーん、じゃあ……支配からの解放に乾杯？」

「いいわね、ソレ」

笑いながらボトルを持ち上げる。

結婚というしがらみも、貴族女性とはかくあるべきという強迫観念も、私の心を支配していたものたちだ。それらから解放されたのだと思うと、なんだか誇らしくさえあった。

「やぁ、今日も素敵なグラスだね」

「そうでしょう？」

生温《なまぬる》い笑みで言うヴィンセントにウィンクを返す。

開けたばかりのボトルは手にズシリと重かったけれど、私が勝ち得たものの重みと思えば悪くはなかった。

「では、乾杯」

そう言ってグラスとボトルを軽く合わせると、高く澄んだ音がした。

ヴィンセントがグラスをクルクルと回し、香りを確かめてから慎重に一口目を口に含む。それから深い深いため息を吐いた。

「……美味いなぁ」

しみじみとした言葉とは裏腹に、複雑そうな表情だ。

「美味しいのだったらもっと景気の良い顔をしてくださる？」

ボトルから口を離した途端、ヴィンセントの手がすかさずボトルを奪っていった。またラベルを確認したいらしい。全く、知らなくたって美味しいものは美味しいし、楽しく飲めるのに。

「ああ、もう……君って人は……」

頭を抱えてヴィンセントが俯く。

彼の手からボトルを奪い返して、半分ほどに減っていたグラスに再びワインを注いだ。

「共犯者ね」

にやりと笑って言う。

ヴィンセントは引き攣《つ》った笑みを浮かべた後、ヤケクソのようにグラスを一気に呷《あお》った。

「うふふ、冗談よ」

覚悟を決めた表情で空のグラスを置くヴィンセントににやりと笑う。

「冗談？」

「そ。このワインはね、ちゃんと私のもの」

彼は片眉を跳ね上げて、空になったグラスを疑り深げに見た。

「……本当？」

「まあ正式には父のものと言えないこともないけど」

「どういうこと」

「ナルシスのことは話したでしょう？」

「ああ、もちろん覚えてる」

前回話したことの続きとして、パーティーでのことを端的に説明しながらワインを注ぐ。

ヴィンセントはナルシスと腰巾着《こしぎんちゃく》たちの会話内容に不愉快極まりないといった表情になり、それからだんだんと面白そうな顔に変わっていく。それから顛末《てんまつ》まで話し終えると、ホッと息を吐きだした。

「なるほど。じゃあこれはクレジオ公からのお詫びの品というわけか」

「そういうこと」

だからこそ余計に今日のお酒は美味しいのだ。この上等なワインの向こうに、ナルシスへの激しい叱責《しっせき》が透けて見えるようだったから。

「一応父宛ての献上品ということなのだけど、父が『おまえが飲むべきものだ』ってくれたの」

「クレジオ公は君が大酒飲みだとは知らないわけだしね」

「あら、嗜《たしな》む程度でしてよ？」

澄まし顔で言ってボトルを呷《あお》る。

「ははは、愉快な人だ」

それに対するヴィンセントの表情は、乾いた笑みだった。

「いや、しかしこれでようやく心置きなくワインを楽しむことが出来るよ」

「前回も楽しそうに見えたけど」

「そりゃ、あれだけいいワインだもの。罪悪感で台無しにしたらもったいないじゃないか」

何を当然のことを、と言わんばかりの真顔でヴィンセントが言う。

前の時も思ったけれど、この人かなりの酒好きだ。しかも自己流の美学があるタイプ。

だからこそ一緒に飲むのが楽しいと思えるのだろうか。

この国には、気取った飲み方でワインの蘊蓄《うんちく》を垂れたがる貴族が多いのだ。晩餐会に招待されるたび、そんな長話をするよりさっさと飲めばいいのにと思ってしまう私にとって、じっくりワインと向き合うように飲むヴィンセントの飲み方はかなり好感が持てる。

「ま、だから今日のワインは私の奢《おご》りと言っても過言ではないわけ」

偉そうに言って、ありがたがれと暗に示唆《しさ》する私にヴィンセントが片眉を上げた。

「過言が過ぎると思うけど、美味いワインに罪はない」

「あらあらヴィンセントったら言葉が重複しているわ」

「わざとですけど」

「知ってますけど」

負けじと返して、ニコッと笑い合う。

いい感じに酔いが回ってきたのか、なんだかものすごく楽しくなってきた。

ヴィンセントもそう思ってくれているのか、飲むペースが速いように思う。いつの間にか空になっていたグラスに気づき、すかさずおかわりを注ぐ。

「それで、ヴィンセントは？」

「今日？　俺はまたペルグラン公に」

「そうじゃなくて。何かおめでたいことはないの」

苦笑して遮《さえぎ》る。別に今日ここに来た用事を聞きたいわけじゃない。

せっかくの楽しい酒宴だ。互いにおめでたいことを祝い合いたかった。

「……そうだな、実を言えば俺も今日はいいことがあった」

「なぁに？」

少し身を乗り出して先を促す。前回に続き、今日も私の話ばかりだったから、なんだかワクワクしてしまう。

ヴィンセントは、どんなものを見聞きして何を思うのだろう。彼の身分や家柄より、そんなことが気になって仕方なかった。

知りたがるのは不躾《ぶしつけ》ではしたない行為だというのに、ヴィンセントは窘《たしな》めもせず私と同じように身を乗り出して薄く笑った。それはまるでとっておきの秘密を話すみたいな、イタズラめいた笑みだった。

「婚約破棄の手続きが終わったんだ」

さらりと衝撃発言をされて目が丸くなる。

何その楽しそうな話。

「……詳しく聞かせてもらいましょうか」

まだ空になっていないヴィンセントのグラスにワインを追加する。話への期待感を表すように、グラスの縁《ふち》ギリギリ目一杯まで注いであげた。

「目が据わってるんだけど」

「あら、いやだ」

慌てて姿勢を戻し、両手で目を覆い隠す。それを見てヴィンセントが「今更すぎる」と呆れて言った。

「酔うの早くない？」

「飲み始めた時点で酔っ払いスイッチが入るの」

適当なことを言って、いいから早く話してとワインのつまみの載ったお皿をヴィンセントの方に押し出す。

「そんなに愉快な話じゃないよ？」

「悲愴感が全くない顔で何を言っているのかしら」

それどころかなんだか楽しそうだ。さすがに辛そうな顔をしていたら私だって詳しく聞き出そうとはしない。

「バレた？」

ペロリと舌を出しておどけた後で、こぼさないようゆっくり持ち上げたグラスに慎重に口をつける。私の注ぎ方に文句はないらしい。

「もしかして、あまり乗り気じゃなかったの？」

「そうだね。まあ結婚はただの義務だし、しょうがないかなって」

「政略結婚だったのね」

「婚約中より、婚約破棄が決まった後の方が会った回数が多いくらいには」

「それじゃ愛を育《はぐく》む暇もないじゃない」

政略結婚はどこにでもある話だけど、それでも婚約前後はお互いの人となりを知るためにデートを重ねるのが普通だ。呆れて言うと、ヴィンセントは「お互い多忙でね」と苦笑した。

その言葉にどこか皮肉めいたものを感じたけれど、どう言えばいいのか分からない。ヴィンセントも忙しさの詳細を語る気はなさそうだ。

ヴィンセントほど聞き上手じゃない私は、さらにペースの速まったヴィンセントのグラスに絶え間なくワインを注ぎ足すことしかできなかった。

「——それでまぁ、性に奔放《ほんぽう》な女性だというのが発覚して。結婚相手にだけそうならいいんだけど、残念ながらそうではないようでね」

ため息交じりにヴィンセントが言って、空になったグラスを置く。

彼は私が促すままに杯を重ねているが、顔色が変わる様子はない。どうやらかなりお酒が強いらしい。

「当然だわ。別の相手とも、なんて不誠実だもの」

深く同意しながら、間を置かずにワインを注ぐ。

どうやらお互い婚約者に裏切られていた者同士だったようで、共感できる部分が多かった。

ナルシスもなかなかだったけれど、彼の婚約者もなかなかだ。

家督相続のための教育もロクに受けず、別の男性と遊び歩いていたらしい。もちろん遊びの内容はシラフじゃ口にできないものばかりだ。婚約者同士の顔合わせの機会を設けても、そのせいで何度もキャンセルされてきたのだという。

「おかげで彼女のことを何も知らずに済んだ」

「不幸中の幸いってやつね」

私と違ってヴィンセントは婚約者の女性にそれほど思い入れがないようだ。ただ、それでも一度は結婚を考えた相手に、こんな仕打ちを受けたらショックに違いない。

「あ、やだ。お相手が多忙ってもしかしてそういうこと？」

それからハッと気づいて聞いてみる。ヴィンセントがさっき言葉を濁したのは、もしや。

「そう。どうやら相手は一人じゃなかったようだ。全く、こっちは婚約の調整のために色々してたっていうのに」

「お気の毒に……」

疲労感を滲《にじ》ませながら言うヴィンセントに、そっとチョコレートを勧める。私にできるのはワインを注ぐことと、そのおともを提供することくらいだ。

「ありがとう。けど、残り少ないのにいいの？」

「ええ、もちろん」

確かに私の好物だけど、独り占めするほど卑《いや》しくはない。疲れた時には甘いものが一番だ。

「それにしても、あなたも浮気されて婚約破棄だなんて災難ね」

「ホントだよ。先に了承を取っているならまだしも」

「ええ？　先に言ってたらありなの？」

たっぷり同情を込めて言うと、予想外にヴィンセントはあっさりとした顔で肩を竦《すく》めた。

「お互いが納得しているならいいんじゃない？」

「ヴィンセントは結婚後も自由恋愛派ということ？」

「いや、俺は嫌だけど」

チョコレートをひょいと口に放り込みながらヴィンセントが言う。

どういうこと？　と首を傾げる私に、噛み合っていないことに気づいたらしいヴィンセントが「ああ」と手を打った。

顔色は変わらずとも、実はしっかり酔っているのかもしれない。

「先に『自分は結婚後も不特定多数とそういうことがしたい』と明言していれば、それでOKな人はそのまま婚約するだろうし、無理な人はそこでお断りするだけだろう。そしたら婚約なんて面倒な手続きをした後で、さらに面倒な婚約破棄の手続きもしなくて済んだのにって。変に隠して後からバレるからこんな大事《おおごと》になるんだ」

「ああそういうこと。びっくりした、ヴィンセントもそっち側の人間かと思ったわ」

そう言って少しホッとする。

別に他人が納得し合って互いの不倫を黙認しているのなら私だって構わない。

ナルシスとリンダだって、私やリンダの婚約者を巻き込まないのであれば好きにしてってって感じだ。むしろ最初から「リンダを愛しているが、立場上添い遂げることはできないので協力してほしい」と真剣に相談されていたら、一考の余地くらいはあったかもしれない。

いや、ないな。

だけど、ヴィンセントがそういう人間だったらと思うとなんとなく嫌だ。こうして気が合って楽しく話せる相手だからだろうか。

「結婚生活は長いんだ。本音を偽《いつわ》って上辺だけ取り繕ったって、いつかきっと破綻《はたん》する。こんなはずじゃなかったのにって。そんなの、お互いのためにならない」

顔を顰《しか》めながらヴィンセントが言うのを聞いてドキリとする。

まるで自分のことを言われているようだった。

全部ナルシスのせいにして被害者ぶっていたけれど、別れて清々した気持ちも確かにある。それはやはり、ずっと無理をしていたからだ。淑女の皮を被ったって、中身は私のままだった。

ナルシスの前だけではない。クレジオ公爵夫妻の前でも、あの屋敷の使用人たちの前でさえ、ずっと偽《いつわ》りの自分を演じ続けていたのだ。

それはとても窮屈で、息苦しかった。その日々から解放されたことを、私は確かに喜んでもいた。そんな状態のまま結婚したって、きっとヴィンセントの言うようにいつか破綻《はたん》していただろう。そうなった時に、お前が嘘をついていたせいだとナルシスに責められる未来もあったのではないか。

そもそも、ナルシスが私を利用するだけで少しも愛してくれなかったのは、そういう嘘や違和感のせいもあったのかもしれない。

「だから彼女はそういうのを許せる相手と婚約すべきだったんだ。ミシェルもそう思うだろう？」

「……ええ、そうかもね」

ヴィンセントは私を責めたつもりなんてこれっぽっちもないはずなのに、内心恥ずかしくなって目を逸らしてしまう。

「それで？　バレた後その婚約者さんはどんな言い訳を？」

誤魔化《ごまか》すようにワインを飲んで、ヴィンセントの答えを待つ。

その質問を待っていましたとばかりに彼は悪い顔で笑い、口を開いた。

「性技を磨いてあなたを喜ばせようと思ったのだとか、なんとか」

「んんっ」

予想以上のひどい言い訳に、ワインを噴き出しそうになるのをなんとか堪える。

前回の仕返しだろうか。

私の反応に気を良くしたらしいヴィンセントが、大成功だとでも言いたげにグラスをカチンと私のボトルにぶつけた。

「ケホッ、大人げないとは思わないの？」

「大人なら借りをキッチリ返すべきだ」

咳込みながら責めるように睨みつけたけれど、彼は会心の笑みを見せただけだった。

「その女性はそれであなたを言いくるめられるって、本気で信じていたのかしら？」

文句を言うのを諦めて笑いながらそう尋ねると、ヴィンセントもつられたように笑いをこぼした。

「信じる馬鹿がいると思う？」

「可哀想に。あなたその馬鹿だと思われていたようね」

そんな阿呆らしい言い訳に騙《だま》されると思われていたヴィンセントに同情してしまう。

「本当だ。そういうことになるのか、最悪だ」

慰めの言葉をかけたつもりだったのに、ヴィンセントは余計にショックを受けてしまったようで、思い切り顔を顰《しか》めた。

「いや、しかし改めて思い出してみると本当にひどいな。聞いた時はあまりにも異文化過ぎて呆気に取られてしまったよ」

「それで喜ぶ男性っているのかしら」

「だからその浮気相手とか？」

その浮気相手は知っていたのだろうか。その女性に複数の恋人がいたことを。

もし、それを承知で付き合っていたのだとしたら、とても心が広いか本気じゃないかのどちらかだ。

「余程気が合うのでしょうね」

「似た者同士なんだろうな」

「もうその人たちで結婚すればいいのに」

「俺もそう思って彼女に進言しておいた」

「言ったの⁉」

半分冗談だったのに、楽しそうに言うヴィンセントに目を丸くする。

「あなたすごいわね」

自分を裏切ったばかりの相手によくそんな話ができるなと、感心しながら言う。

私なら怒りのあまり浮気相手との仲を引き裂きたくなる気がするのに。

「ほぼ初対面でなんの情もないしね。うちの金目当ての縁談だったってことはハナから分かってたし、罪悪感も未練もなく済んでむしろ良かったよ」

「でも大丈夫？　変に拗《こじ》れたりしないといいんだけど」

お金が絡むと、善人だと思っていた人が豹変《ひょうへん》することもある。

公爵家の娘として育つ中で、父と仲の良かった人が、なりふり構わず父にお金の無心をする姿を何度か目にしてきた。常に人を疑ってかかるのは心苦しいけれど、信頼や期待が裏切られた時の心構えはしておいた方がいい。

ヴィンセントの婚約者がすんなり自分の非を認め、引き下がってくれるならいいのだけど。

「その辺は抜かりないさ。これでも交渉ごとは得意なんだ」

余裕の笑みでヴィンセントは言う。頼もしい限りだ。

それから彼は簡単に事の顛末《てんまつ》を語ってくれた。

婚約破棄なんて悲惨な結末が多いのに、ヴィンセントの軽妙な語り口のおかげで深刻さは皆無だ。まるで喜劇でも観ているようで、ワクワクさえしてくる。

ヴィンセントの話は痛快だ。

ほとんど言いたいことも言えずに中途半端に終わらせてしまった私と比べて、彼は不貞を働いた婚約者本人ときっちり話をつけている。それも、やり過ぎとは非難しがたい絶妙な塩梅《あんばい》で。交渉が得意というのは誇張ではないのだろう。

ところどころ既視感を覚える部分もあったけれど、浮気による婚約破棄なんてどこもそんなものなのだろう。爽快感を覚えるほどの騒動の終局を語り終え、重さを残さないまま話題は別のものへ移っていく。私が気にしすぎないようにというヴィンセントの気遣いなのだろう。

彼の話題は多岐にわたり、この国の気候の特徴や伝統に始まり、近隣諸国の珍しい生き物や風習にまで及んだ。

「あなたってなんでも知っているのね」

それらは私が学生時代に知りたいと思っていたことばかりだった。

「なんでもはさすがに無理だけど。気になることをどんどん調べていったら多少はね」

ヴィンセントは鼻にかけることもなく言う。

学生時代の私は、勉強中に興味のある分野があっても『出しゃばり』『女の分際で』と言われるのを恐れて、教科書に書いてある内容を掘り下げようとはしなかった。

なんと愚かで臆病で、そして怠惰《たいだ》だったのだろう。隠れて調べることだって、決して不可能なことではなかったのに。

それでも、少しでも知識が増えるのが楽しくて、授業では流されてしまう部分も含め、教科書を隅々まで読み込んだ。おかげで成績だけは上がったけれど、得た知識で誰かと気の利いた会話をするわけでもない。陰でガリ勉女と馬鹿にされても仕方ない有様だった。

それに比べてヴィンセントは、ひとつ話題を振るごとに私の興味を探りつつ、程よい量の知識を提供してくれる。その上頭の回転が速いようで、酔っ払いのズレた質問に対しても意図を汲《く》んで的確な答えをくれるのだ。

どんな疑問にも、すぐに期待していた以上の反応が返ってくるのが楽しかった。情報の取捨選択も上手く、話していてストレスを感じることがない。

比較するのは失礼な話だが、ナルシスではこうはいかなかった。

質問をすれば聞いてもいないことを長々と喋り、仕事の改善・向上の提案をすれば「ミシェルの好きにすればいいよ」と寛大なフリを装いつつも私に丸投げしてばかり。そしてミスがあれば全て私のせいにされた。

「あなたと話すのはとても楽しいわ」

酔いが回ってきているせいか、ついぽろりと本音が漏《も》れてにわかに慌てる。

彼は付き合いのある公爵家の娘の我儘《わがまま》に付き合わされているだけ。ヴィンセントが屈託なく笑うせいで忘れがちだけど、この酒宴はそういうものだ。一緒に飲んでくれるだけでもありがたいのに、それ以上を望んで友人のような距離を求めるべきではない。

分かってはいても、ヴィンセントにも同じように思っていてほしいなんて考えてしまう。たった二度しか会ったことがないのに、我ながらおかしな話だ。

「俺もミシェルと話すのが好きだ」

穏やかな微笑みにどきりと心臓が跳ねた。

その笑みを見たら本心からそう言ってくれているのが分かって、じわりと頬が熱くなる。

「そ、そう？」

嬉しいのを誤魔化《ごまか》すように、アルコールのせいで暑くなってきたフリをして赤くなった顔をパタパタと手で扇《あお》ぐ。

ヴィンセントは気にした様子もなく、暢気《のんき》な顔でドライフルーツに手を伸ばした。それがなんだか腹立たしくて、テーブルの下のヴィンセントの足を軽く踏みつけた。

「……ちょっとお嬢さん？　何かを踏んでいるようですよ」

すぐに気づいたヴィンセントが半眼になってすかさず指摘する。どうやらわざとだということは分かっている様子だ。

「あら、気づかなかったわ。ご親切にどうも」

「どかす気はないんだね」

呆れて言いながらも、彼は怒るどころか楽しげだ。

どうやら私ではヴィンセントに勝てないらしい。なんの勝負か自分でも分からないけれど、素直に負けを認めて足を元の位置に戻す。その瞬間、今度はヴィンセントが私の足を踏んだ。

「まあ！　紳士のやることとは思えないわ」

「どの口が言うんだか」

ジトリと睨んでも効果はゼロで、ヴィンセントはしてやったりという顔だ。

年頃の男女とは思えないほどくだらない小競《こぜ》り合いがしばらく続いて、楽しい時間はあっという間に過ぎていく。

次はいつここに来るのだろう。

彼はなんのためにこの屋敷を訪れているのだろう。

今更ながら興味が湧いてくるが、聞くのは無粋《ぶすい》な気がして言えなかった。

「あら、もう空っぽ……」

いつの間にか二本目のボトルが空いていて、ガッカリした気持ちが素直に表に出てしまう。残念ながらワインはこの二本しか持ってきていないのだ。

「お父様のワインセラーに頼る時がきたようね」

この時間が終わってしまうのが嫌で、決意を込めて立ち上がる。

「待った」

けれど冷静な声が私を止める。

さすがに今日はもうお開きだろうか。予定も聞かずに引き込んでしまったから、もしかしたらこの後何か約束があるのかもしれない。

「いいものがあるんだ」

立ったまましょげていると、ヴィンセントが自分の鞄をゴソゴソと漁《あさ》り始めた。

「今日は俺も持ってきたから」

「え？」

ヴィンセントが得意げに言って、テーブルの上に何かのボトルを置く。それは綺麗な青色の瓶《びん》で、見たこともないデザインのラベルが貼られていた。

異国の風を感じるそれに、思わず目を瞠《みは》る。

「何これ！　とても素敵ね！」

「珍しい酒を手に入れたんだ。ミシェルに会えたら一緒に飲もうと思って持ってきた」

差し出された酒瓶を手に取って再び席につく。ラベルだけでなく、瓶《びん》自体まで繊細な細工が施されていて、その美しさにうっとりしてしまう。

「だろう？　もう一本別のがあるから、こっちはこの間のお詫びとしてお父上に献上してきなさい」

真面目に言い聞かせるようにヴィンセントが言う。

「ええー、でもこっちも飲んでみたいわ」

「えーじゃないの。言うこと聞きなさい」

わざとむくれて見せると、ヴィンセントが窘《たしな》めるような口調になった。

子供扱いされているみたいだけど腹は立たなかった。むしろそんなやりとりが楽しくて、思わず笑ってしまう。

何より、ヴィンセントがこの酒宴にまだ付き合ってくれる気でいるのが嬉しかった。

◇◇◇

「お父様、今日は何かいいことでも？」

翌日、いつもより上機嫌にディナーを楽しむ父が気になって聞いてみる。

「ああ、実は良い酒が手に入ってな」

「こちらでございます、お嬢様」

父がそう言うと、執事がボトルを掲げて私に見せてくれた。

「昨日客人からもらったのだが、前に来た時の雑談で飲んでみたいと言っていたのを覚えてくれていたようだ」

それを聞いて納得する。

欲しいものが手に入っただけではない。父はそういう、本題に入る前のちょっとした会話をただの社交辞令として受け流さない人間が好きなのだ。

たぶんヴィンセントだろうな。

すぐにピンときた。

一方的に巻き込まれただけなのに、私の尻拭いをさせてしまったことを申し訳なく思う。けれど同時に、それを私にアピールしないヴィンセントの性質《たち》を好ましく感じた。

また会いたいな。

素直にそう思うことに、もう抵抗はなかった。

「私にも一杯いただけるかしら」

「いいとも。一人で飲むにはもったいないからな」

父はニコニコと言って、執事が私にボトルを差し向ける。華奢《きゃしゃ》なグラスに、ほんのり黄色く色づいた透明な液体が控えめに注がれる。ワインとは全く違う香りがする。ラベルを見せてもらうと、それは南国の果実酒のようだった。

「美味しい……！」

幸せを噛み締めながら、鼻に抜ける香りと軽やかな甘さにうっとり嘆息《たんそく》する。

父は嬉しそうに頷《うなず》き、母や兄は呆れた顔をした。妹のソフィアだけが興味津々といった様子で「どんなお味ですか、お姉様」と可愛らしく目を輝かせている。

「ソフィ、あなたはダメよ」

「分かっています。ただどんな感じか知りたかっただけなのに」

すかさず窘《たしな》める母にソフィアが可愛らしく唇を尖《とが》らせた。

ソフィアは大人しくて控えめな子だけど、好奇心旺盛なところは私に似てしまったらしい。だけど、そんなところがかえって彼女の魅力を増していた。

そんな妹を見て改めて思う。やはり好奇心も知識欲も、淑女たるためにといって隠す必要なんて全くなかったのだと。

過去の自分の無意味で的外れな行動が恥ずかしい。同世代の女友達がいなかったせいで、視野がすっかり狭くなっていたようだ。

「そういえば、お父様。お仕事のない時だけ、書斎に入る許可をいただけないでしょうか」

だけど、もうそんな過去とはお別れだ。私は私のままでいいのだし、もう好きなだけ知識を深めてもいいのだから。

「うん？　ああ、いいとも。別に私が使っている時でも構わんよ」

父は鷹揚《おうよう》に言って、ボトルを持った執事を呼ぶ。お酒のおかわりがしたいらしい。余程気に入ったようだ。私ももう一杯飲みたかったけれど、ヴィンセントから父への贈り物だということを尊重して、ここはグッと我慢だ。

「ミシェルももう大人だ。好きな時に出入りするといい」

「ありがとう、お父様！　絶対に本を汚さないと誓うわ」

子供の頃は立ち入りを禁じられていた書斎だ。そこへの立ち入りを許可されて、なんだか一人前だと認められたようで嬉しかった。

「信じているとも」

その言葉の通りに確かな信頼を感じて、私は笑顔を返した。


夕食後、父の書斎へ早速お邪魔してみることにした。

「お嬢様、そんなに緊張なさらなくたって扉は噛み付いたりしませんよ」

重厚な扉の鍵穴に、メイド長のジョアンナが鍵を差し込みながら笑う。

「わわ、分かっているわ！」

ジョアンナとは長い付き合いだ。子供じみた言動を指摘されたのが気恥ずかしくて強がってみたけれど、結局これもお見通しなのだろう。クスクス笑う彼女に、むくれた顔を向ける。

彼女は涼しい顔で、もったいぶるように書斎の扉をゆっくりと開けた。

「どうぞごゆっくり」

「あ、ありがとう……」

そう言って恭《うやうや》しく頭を下げたジョアンナに、上擦《うわず》る声で礼を言う。それから吸い込まれるように中へ足を踏み出した。

書斎の壁の全面に本棚が並んでいて、そこには本がぎっしり詰まっている。領地経営に関する本もあれば、父の趣味の物語や風景画集なんかもある。

「……すごい」

胸の高鳴りを感じて、それを落ち着かせるために深呼吸をした。同時に紙とインクの匂いで肺が満たされて、ワクワクはおさまりそうになかった。

初めて学園の図書館に足を踏み入れた時の感覚がよみがえる。当時はそこにある全ての本を読み尽くしたいという欲求を抑えるのが大変だった。

領地を継ぐ予定や、文官を目指す気概のある男子生徒であれば必読の政治や経済の本を、私も読んでみたかった。でも、嫁入りが第一希望進路の女子生徒にとって、そういった本は過分なものだった。学のない女は侮られるが、学のありすぎる女は煙たがられる。

女子生徒が図書館を利用するのは、授業のレポートを作成する時だけ。それ以外は変人。それが学園内での常識だった。

少しでも淑女の枠をはみ出すのを恐れていた私は、迷いなくその暗黙の了解に従った。でも、本当はいろんなものを見たくて、知りたくて、ウズウズしていたっけ。

そんな気持ちを思い出しながら、みっちりと並べられた本の背表紙のタイトルを端から見ていく。

ジョアンナが静かに扉を閉めて、ひっそりと持ち場に戻っていったことには気づかなかった。

何から読もう。どんなことから知っていこう。頭の中はそれでいっぱいだった。

逸《はや》る気持ちを抑えて、まずはこの国の歴史書を手に取る。

ヴィンセントが話してくれたことを思い出しながら、何冊かある歴史関連の本をパラパラとめくっていく。その中で一番とっつきやすそうなものを父の机に広げて、椅子に腰掛けた。

本を読むのは苦にならない。勉強は得意だったから。だけど学ぶべきことだけが最小限にまとめられて、そこで完結していた教科書とは違って、歴史書に書かれていることは多岐にわたる。そのせいで興味があちこちに湧いて、そのたびに席を立って関連する本を探しにいくから、ちっとも一冊に集中できない。だけど、そうやって目移りしていくことこそが楽しかった。

綺麗に整頓されていた机の上はあっという間に本だらけだ。分野はバラバラで、こんなに効率の悪い読み方なんてしたことがない。だけど、その自由さがまた楽しかった。

「これはまたすごいな……」

書斎に現れた父が呆れたように呟くのを聞いて、ハッと意識が本から離れる。

ふと時計を見上げると、もう深夜に近かった。その頃には読み終えた本の山が机の脇に積み上げられて、また新たに開かれた本たちがあちこちに散らばっていた。

惨状に気づいて頬が熱くなる。いくら淑女の肩書を返上するといっても、成人女性としてこれはあまりにひどい。それに、信用してここを開け渡してくれた父に叱られてしまう。

「ごめんなさいっ、すぐに片付けます」

「ああ、いい、いい。必要な書類だけ取ったら邪魔者は退散するとしよう」

慌てて立ち上がる私を父が手で制す。

机上に置かれた書類ボックスと、私には難しくて保留にしていた法律書を本棚から取って、父は嬉しそうに書斎を出ていった。

そのあっさりとした様子に肩の力が抜けた。

父はいつだって私のやることに寛容だ。人として間違ったことさえしなければ、そうそう目くじらを立てるようなことはない。それは私だけではなく、兄や妹にもそうだし、貴族や商人、それに領民相手でさえもそうだ。父は一人一人の生き方や考え方を尊重しているのだろう。

思い返せば、淑女の振る舞いだって別に強要されたわけではなかった。ただ、世間はこういう風潮のようだよ、ミシェルはどうする？　と選択肢を与えてくれたに過ぎない。

それを私は曲解してしまったのだ。淑女でなければ嫁の貰い手がないのだと。結婚できなければ女として終わりなのだと。我ながら幼い考え方だった。

だけど、変わるのだ。生意気なだけの小娘も、形だけの淑女も卒業する。私のような娘を尊重してくれる父がいるように、この世界にはナルシスやリンダみたいに、人にレッテルを貼って見下すような人間ばかりではないのだから。

結婚を諦めた途端、目の前の道が一気に開けたみたいだ。

今ならナルシスとの婚約破棄は、いいきっかけだったのだとさえ思える。

父が嬉しそうだったのは、もしかしたら私が自主的に考えて行動するようになったからかもしれない。だから書斎への立ち入りをあっさり許可してくれたのか。

お酒で上機嫌になっていただけではなかったのね。

自分の父親に失礼なことを思いながら、わずかでも前進できた気がする誇らしさを胸に、私は再び本の世界へ没頭した。

◇◇◇

ガルニエ公爵家があちこちに借金を申し込んでいるという情報を耳にしたのは、その数日後だった。

当主は今回のことを、問題を起こしたリンダの責任とし、ほぼ全ての処理をリンダ本人にやらせているらしい。監督不行き届きで当主自身にも責任はあると思うのだけど、自分の非は一切認めないようだ。

正直なところ、私の目から見て現当主はあまり有能な方ではない。たぶん、面倒事から逃げ回っているのだろう。あの親にしてこの子あり、だ。

リンダと彼女の両親はよく似ている。もちろん個人的な恨みから意地悪くそう思っているということもあるけれど。ナルシスとのことがある前から、ガルニエ家の人たちは苦手だった。

リンダはうちにも頭を下げに来たらしいけれど、どのツラ下げてきたんだと父が門前払いしたとのことだ。どうせ謝罪なんて建前で、本音はクレジオ公に取りなしてほしいとか、リンダの婚約者に都合のいい説明をしてほしいとか、別の目的があったに違いない。

父の隣で話を聞いていた母によると、リンダは憎々しげな表情を隠すこともしなかったらしい。本当は自分が悪かったなんてこれっぽっちも思っていないのだろう。

実はリンダの訪問は結構前のことだけど、ガルニエ家の現状と共に私が聞いたのは今日が初めてだ。

父が私の耳に入らないようにしてくれていたらしい。

そんなに気を遣わなくていいのに。

強がりではなく本気でそう思う。

だって色々なことが吹っ切れた今、傷つくどころかむしろ愉快な気分になるのだから。


そんな中開催された三度目の酒宴は、思いつきの気まぐれではなかった。

きっとヴィンセントに会える。

期待に胸が膨らんで、裏庭に向かう足は今日も軽やかだ。

ガゼボのテーブルに、料理長に用意してもらったつまみの数々を並べていく。

我ながらセッティングは完璧だ。色とりどりの小皿料理ににんまりと唇が形を変える。

全くもって淑女らしくない。だけど、それが私だ。

背後に気配を感じて、立ち上がって振り返る。

「いらっしゃい、ヴィンセント」

それからできるだけ優雅に見えるように貴族らしく振る舞う。

彼の姿を目にしたら、笑みは自然と浮かんだ。

「やあ、ミシェル」

ヴィンセントも微笑みながら寄ってきて、定位置となったベンチへ腰を下ろす。

「いつもより豪華だ」

「なんとなくね。予感がしてたの」

「君も予言者だね」

そう言って笑い合う。

昨日、父が何やら慌ただしく準備をしていた。ただの来客にしては珍しいことだ。

そういう時は大きな商談があるか、ものすごく面倒な揉《も》め事が起こっているか。あるいは大公や他の公爵家の人間が訪ねてくるかのどれかだ。

だけど面倒事が起こっている時特有のピリピリした気配はないし、偉い人が来るなら父が私や妹にそれとなく縁談をちらつかせるのに、それもない。

だからそう、その準備の様子を見て、そういえばヴィンセントが来た日は二回ともそうだったなと思い出したのだ。

もちろんヴィンセントとの面会という確証はなかったけれど、そうだといいなと思った。父に直接聞くことはしなかった。だって私とヴィンセントがお酒を酌《く》み交わす仲だというのは秘密だから。

それでこっそり準備することにした。

もし彼がこの屋敷を訪れたなら、きっとここにまた足を運んでくれると思ったから。

「知ってる？　予言者って知ってることから予測してそれっぽいことを言うだけのインチキなのよ」

「知識があるだけじゃそれっぽいことなんて語れない。彼らはある意味で技術者だよ」

面白そうに目を細めながら、彼は私が差し出したグラスを受け取った。

それから自分の前にもヴィンセントと揃いのグラスを置いた。

「今日は上品なグラスなんだ」

二人分のワイングラスを見て、ヴィンセントが器用に片眉だけ上げて言う。

「いつものも充分上品だったわ」

「ペルグラン家の上品判定はずいぶんと個性的だな」

言い返すと、ヴィンセントは呆れた顔で肩を竦《すく》めた。

「意地悪を言う人にはワインはあげられないわね」

「なら俺もコレを開けるのはやめておこう」

ワインの入ったバスケットを胸元に抱え込みながらそう言うと、対抗するように言いながらヴィンセントが自分の鞄から綺麗な色の瓶《びん》を取り出す。それは前に持ってきてくれたお酒の瓶《びん》によく似ていた。

「素敵！　私のために持ってきてくれたの？　あなたって本当に優しい人ね！」

「なんて鮮やかな手のひら返しなんだ」

さっきのやり取りなんてまるでなかったみたいに歓声を上げて破顔すると、目を瞬《またた》かせた後で彼も嬉しそうに笑った。

「前回のを気に入ってくれたみたいだから。同系統のを一本と、全く別の系統を一本」

そう言いながら鞄からさらに一本取り出した。ゴトンと重い音を立てて、大きめの瓶《びん》が合わせて二本、テーブルに置かれた。

どちらもデザインが斬新《ざんしん》で、この国では見ないタイプのものだった。

それが私の好みにぴったりで、思わず見惚《みと》れてしまう。

「大変、こんなに飲めるかしら」

「いつも二本くらいあっという間だろう？」

何を今更、という顔をするヴィンセントの前に、バスケットから取り出したワインボトルを並べていく。

今日のワインは自分で買ってきたものだ。値段は父のコレクションやクレジオ公からのお詫びの品には遥かに及ばないけれど、私のお気に入りばかりだ。ヴィンセントも気に入ってくれたらいいなと思って、父と商談を終えた後の商人を呼び止めて用意してもらったのだ。

その三本目を出したところで、さすがにヴィンセントが顔を引き攣《つ》らせた。

「……力持ちだね」

「うふふ、いつも少し飲み足りないかなって思っていたから」

社交の場で見せる完璧な笑顔で言う。

ヴィンセントは唖然《あぜん》とした後で、だんだんと面白くなってきたのか、肩を小刻みに震わせ始めた。

「気が済むまでお付き合いしますよ、お嬢様」

それから紳士然とした仕草で胸元に手を当てて微笑んだ。

「そうこなくっちゃ」

そう言って、いそいそとヴィンセントが持参したお酒のボトルを開封する。

今日も楽しい酒宴になりそうだ。

「ああ、美味しい。初めて飲んだお酒だけど、この独特の風味が最高だわ」

「だろう？　俺の好きな酒なんだ。気に入ってくれて嬉しい」

私がニコニコしながら飲むのを見て、ヴィンセントが上機嫌に言う。

自分の好きなお酒を共有出来るのが嬉しい気持ちはよく分かる。楽しく飲める相手ならば尚更だ。

「それにしてもよくそんなに珍しいお酒が手に入るわね」

「ああ、商売の関係でちょっとね」

さらりと出された情報に目を丸くする。

「驚いた、あなた商人なの？」

「ま、似たようなものかな」

意外だ。だって彼は私が公爵令嬢と知った上で、卑屈《ひくつ》にならず物怖《ものお》じもせず話しかけてきたから。てっきり貴族の子息なのだと思い込んでいた。

けれど、どこか納得もする。

彼は博識で、これまでいろんな国のいろんなことを話してくれたから。貴族だったら国外なんてせいぜい旅行で数日観光するくらいだ。本で知識を得るのにも限界があるし、ヴィンセントの話す内容はそういう聞きかじったものとは違っていた。

それに商人なら、度胸がないと商談相手と渡り合えないだろう。

「父に会うのは何かの商談？」

「それもある。ペルグラン公の所有する領地の特産品に興味があって」

そう言ってヴィンセントはペルグラン領の食材や工芸品をいくつか挙げていく。

「それってそんなに価値のあるものなの？」

驚いて目を丸くする。生産者を馬鹿にするわけではないが、それらは私にとっては日常に存在するものだ。わざわざ時間をかけて交渉する必要があるとは思えなかったのだ。

「そんなことも知らなかったなんて、領主の娘として恥ずかしいわ……」

「あはは、その土地で生まれ育った人には分かりづらいものだよ」

己の無知を恥じ入る私に、ヴィンセントは屈託なく笑う。

「その土地の人にとってありふれたものに価値を見出すのが俺の仕事と言えるかな」

誇らしげに言われて自然と顔が綻《ほころ》ぶ。

どうやらヴィンセントは自分の仕事が大好きらしい。

「そうだったのね。そうだ、特産品といえば、前に持ってきてくれたお酒に使われていた果物はレンシアという国の名産なのでしょう？　ここからかなり南にあるのよね」

レンシアという国は、このマーディエフ大公国の南側に隣接するレミルトンという王国の、さらに海を越えて南にある国だ。地図で見ただけだが、小さな島国らしい。

「へえ、よく知ってるね」

「気になって調べたの。この国じゃ見かけない果物だから」

ヴィンセントが感心したように言うのが気恥ずかしくて、最初から持っていた知識じゃないことを素直に白状する。

ヴィンセントが前回持ってきてくれたボトルのラベルに描かれた果物を知りたくて、わざわざ調べたのだ。

父の書斎には本当に色々な分野の本がある。植物図鑑や各国の名産品の載ったものまであって、見つけるのにそう苦労はしなかった。

「あなたも買い付けに行ったりするの？」

「行く時も任せる時もあるかな。けど、レンシアへは直接行ったよ」

「すごい！　ということは船に乗ったのね⁉　すごく酔うのでしょう？　船酔いってどんな感じなの？　馬車よりひどい？　レンシアは一年中暑いって本当？　女性も薄着って書いてあったけど、足を出していても誰も気にしないっていうのはさすがに嘘よね？」

本に書いてあることがすべて事実とは限らない。むしろ信じられないことばかりで、どこまでが本当か知りたかったのだ。まさか、目の前に実際に行った人がいるなんて。

矢継ぎ早の質問に、ヴィンセントがわずかに仰《の》け反《ぞ》って苦笑する。

「落ち着いて、ミシェル。酒はまだ大量にあるんだから、ゆっくりいこうじゃないか」

いつの間にか空になっていたグラスに、ヴィンセントがおかわりを注いでくれる。

それでようやくベンチから五センチほど腰が浮いていたことに気づいて、慌てて座り直した。

淑女の仮面を返上していたとはいえ、これではまるで子供だ。

「……ごめんなさい、実際に知っている人から聞けるのだと思うと嬉しくて」

「いや、いいんだけど。女性でそういう話に興味を持つのって珍しいよね」

何気なく言われてドキリとする。

やはりおかしいだろうか。

結婚のために猫を被るのはもうやめると決めたけれど、ヴィンセントに変な女だと思われるのはなんとなく嫌だった。

確かに女性の興味はファッションや美容、それに社交界の恋愛事情やそれに関わる有名人のゴシップがほとんどだ。

私だってそういう話は好きだ。だけど私が本当に興味のある話、たとえば他国の気候や文化の話は、同年代の女の子たちの間から漏《も》れ聞こえてくることさえない。

「……お酒の席でお仕事の話は控えた方がいいかしら」

ガリ勉。つまらない女。

ナルシスたちに言われた言葉が、今になって妙に気にかかる。

「まさか。むしろミシェルこそ退屈しない？」

けれどヴィンセントは、そんな私の不安を吹き飛ばすようにきっぱりと否定した。

「いいえ、ちっとも。知らないことを知るのはすごく楽しいわ」

本を手当たり次第読んでいる時のときめきを思い出しながら言う。頬が微《かす》かに赤くなるのは、どうやっても抑えられそうになかった。

「俺の専門は飲食関連と、工芸品寄りの食器とかなんだよね」

「素敵。気候や文化の違いで国ごとにどう変わるのか、すごく興味があるわ」

「いいよ、なんでも聞いて。俺に答えられる範囲でいいならいくらでも」

そう言ってヴィンセントは頼もしく請《う》け合ってくれた。

本当になんでも聞いていいのだろうか。そんなのは社交辞令で、調子に乗った途端に嫌な顔をされてしまうのではないか。

少しの不安はあったけれど、ヴィンセントがそんな嘘をつくような人には見えなかった。

「じゃあ手加減しないことにする」

「待って、冗談に聞こえない」

「あら、私冗談なんて言わないわ」

「え？」

真顔で言うと、ヴィンセントも真顔になった。

それから同時に笑いだす。

ひとしきり笑い合った後、彼はまた色々な話をしてくれた。

屋敷と学園からほとんど出たことのない私にとって、彼の話はすべてが新鮮だった。

ヴィンセントは雄弁で、様々な交易品を求めて彼自らがあちこちに旅をする様が目に浮かぶようだった。

彼は本当に博識で、どんな質問をしても期待以上の答えが返ってくることに驚く。着眼点も独特で、どうしてそんなことにまで気づくのだろうと感心するばかりだ。

本で得た知識だけでは分からなかったことも、ヴィンセントに聞けば的確な回答をもらえる。その内容はどれも興味深いものばかりで、堪えきれず重ねて質問をしても、話の脱線を嫌がるどころか嬉しそうに答えてくれた。

「私、知らないことばかりで恥ずかしいわ」

「別にそんなの、これから知っていけばいいじゃない」

質問ばかりなことにハタと気づき己の無知を恥じて俯く私に、ヴィンセントが当然と言わんばかりの顔で言う。

「それに、ミシェルは理解力があるし、どんな話でも興味深そうに聞いてくれるからこっちも楽しいよ」

思いがけず褒《ほ》められて頬が熱くなる。

自分の無知を、そんなふうに捉えてもらえるなんて思ってもみなかったのだ。

「そうかしら、これくらい普通じゃない？」

照れ隠しにそう言うと、ヴィンセントが苦笑した。

「そうでもないよ。大抵の女性は興味のある話から少しでも外れるとつまらなそうにするんだ。俺の説明が下手なのかも」

「ウソ、そんな人がいるの？　あなたの話はこんなに面白いのに!?」

信じがたい話だ。

思わず前のめりになって言うと、ヴィンセントが面食らったように目を瞬《またた》かせた。

だって彼と話せば誰だって夢中になってしまうと思うから。

「……ありがとう。ミシェルも、すごく面白いよ」

「え？　それって褒《ほ》めてる？」

どこかたどたどしい口調で言うヴィンセントに、眉根を寄せて問う。なんとなく、私が言っている「面白い」とは別の意味に聞こえたのだ。

「うん。すごく。だから実はこの飲み会、とても楽しみにしてたんだ」

「そ、そう。それなら、いいんだけど」

今度は深く実感のこもった声で言われて、嬉しくて思わず声が上擦《うわず》ってしまう。

会えるのを楽しみにしていたのは私も同じだ。

わざわざこのガゼボまで足を運んでくれるのだから、嫌われているわけではないと思っていた。

けれど、こんなにハッキリ楽しみにしていたと言ってくれるだなんて。

「ところで、商船ってどんな感じなの？」

浮かれた気持ちでなんだか余計なことを言ってしまいそうなのが嫌で、強引に話題を変える。

「乗り心地とか？　だとしたら最悪だよ。貨物優先だから人間の尊厳は無視されてる」

途端にヴィンセントが心底嫌そうに顔を顰《しか》めた。

その変化が面白くて、思わず笑い声を上げてしまった。

その後も話題は尽きず、あっという間に時間が過ぎていく。

「おっと、もうこんな時間か」

「ちょっと冷えてきたわね」

気づけば日は暮れかけていて、肌寒さに身を震わせる。

「風邪を引いたら大変だ。今日はお開きにしようか」

「そうね。すごく楽しかったわ。ありがとう」

「こちらこそ」

そうして次の約束はせずに、本日の酒宴は幕引きとなった。

また会える予感はあった。ヴィンセントもきっとそうなのだろう。

テーブルの上には手つかずのままのボトルが三本。

こんなに楽しかったのに、思っていたよりもアルコールは消費されなかったらしい。途中から話すのが楽しすぎて、お酒を飲むのを忘れていたのだ。とはいっても二本は空になっているので、二人で飲むには十分すぎる量なのだけど。

私が選んだワイン二本はヴィンセントにお土産《みやげ》として渡し、ヴィンセントが選んだ一本は私の部屋に置かれることとなった。

今度感想を聞かせてと言われたけれど、飲むのがもったいなくてしばらく開けられそうになかった。

第三章　酔いと恋は隠せない

大公家でのパーティーの日以来、サラとは手紙でのやりとりが続いていた。

ショッピングの約束も、ただの社交辞令ではなく無事に果たされ、交友関係は順調といえる。

その流れで誘われたお茶会に緊張しながら参加した。

それは想像以上に楽しいものとなった。

私が理想としていた淑女そのもののサラを筆頭に、おっとりしているのに毒舌なルーシーや、そこらの貴族令息よりも凛々《りり》しくて素敵なノア。それから恋愛小説に夢中なカテリナ。

みんな個性的で面白い子ばかりだ。

彼女たちの会話はとても女性らしく、それでいて鼻につくところが一切ない。

流行に疎《うと》い私にも、今話題のブランドがどう優れていて、どういうところが人気なのか、馬鹿にすることなく丁寧に教えてくれた。

誰かの噂話をする時も陰口ではなく、顔の怖い伯爵様の意外な魅力を発見したとか、あの令嬢が身に付けたものは絶対に次に流行る、なんてポジティブなものばかりだ。

ここはあまりにも居心地が良くて、できれば学生時代のうちに知りたかった。

「私、なんてもったいないことをしていたのでしょう」

今までの私が知っていた女性の輪というものは、ナルシスに関わりのあるものばかりだった。

彼女たちは皆一様に気位が高く、常にナルシスの婚約者である私を下に見て、親しげなフリをしつつも言葉の端々に蔑《さげす》みが含まれていたように思う。

教室内で目立っていたリンダのような声の大きい女生徒たちはよりあからさまで、漏《も》れ聞こえる会話は誰かの陰口や根も葉もない噂ばかりだった。同じグループにいる子でさえ席を外した途端に悪口のターゲットになっていて、恐ろしくてたまらなかった。

思わずため息を吐くと、サラたちがクスクスと笑い合う。

「同意いたしますわ。ミシェルさんがこんなに楽しい方だと知っていたら、もっと早くお友達になれたのに」

みんな同時期に学園に通っていたはずなのに、挨拶すら交わしたことがない子がほとんどだ。

私が友人作りに消極的だったせいもあるだろう。

「あの頃の私には皆様の輪に加わる勇気がありませんでしたの」

「そんな……話しかけてくだされればよかったのに」

「本当に？　怖がったりなさらない？」

たまに、父に淑女の振る舞いを勧められず、何も考えないまま入学していたらと想像することがある。きっと私は、ナルシスたちのような授業中に騒ぐ学生たちに腹を立てて「やる気がないなら出ていけ」くらいのことは言っていただろう。そして自分が正しいと思い込んでいるがゆえに、リンダたちのような女子の陰口だって鼻で笑い飛ばすくらいのたくましさに成長していたはずだ。

だけどそれはそれで、独善的で狭量な人間になっていたのではないか。

そしてサラたちのような善良な女生徒からは、敬遠されてしまっていたように思う。

そう思うと、やはり誰とも関わらずに大人しく過ごした過去の選択は正しかったのかもしれない。

「……確かに学生時代のミシェルさんは近寄りがたかったかもしれませんわ」

言いづらそうにサラが言い、みんなが気まずそうに頷《うなず》き合う。

「近づくなってオーラがすごかったですし」

「孤高を愛しているって感じでしたのよ」

「話しかけたら嫌われそうで」

口々に言われて、思わず天を仰《あお》いでしまう。

「ものすごく感じ悪かったのですね、私……」

ただの人見知りと、間違った淑女キャラ作りの弊害がこんなところで起きていたなんて。

「感じが悪いというほどでは……」

気を遣ってサラがフォローしてくれるのが余計に申し訳ない。

「ただ、ちっとも心を開いてくださらないから、誰のことも必要としていらっしゃらないのだと思いましたの」

「でも、実際に話してみたら全然そんなことはありませんでしたわね」

「ええ、本当に。ただ頭の中であれこれ考えてグルグルしてらっしゃっただけだなんて」

心の内を吐露《とろ》した後では、確かにただの空回りだったのが明白だ。

「お恥ずかしい限りです……」

「ふふ、そういう可愛らしい表情も、学生の時に見せていただきたかったですわ」

クスクスと笑う様は可憐で、ちっとも馬鹿にされているように感じない。

もし私が素のまま彼女たちと学生時代に仲良くなれていたら。

独善的にも狭量にもならず、誰かに利用されることもなかったかもしれない。

それでも私のような人間には、あの惨めな学生時代が必要だったのだろう。

だからこそ今、心から彼女たちのありがたさが身に沁みているのだ。

「私、皆さんのことが大好きです」

「あら、嬉しい」

「私たちもよ」

「これからもたくさんお話ししましょうね」

うららかな日差しの中、和《なご》やかに笑い合って、美味しいお菓子とお茶を楽しむ。

気の合う友人たちと優雅なひと時を過ごす幸せを噛み締めながら、またひとつ自分の成長を実感するのだった。

◇◇◇

家族との夕食の席で、サラたちとのことを詳細に話す。

初めてできた女の子のお友達だ。すごく嬉しくて、それが顔に出てしまっている自覚はある。だけど父や母だけでなく、兄やメイド長のジョアンナまで暖かな目で見守ってくれているのが気恥ずかしかった。

「いいな、お姉様！　今度私も連れて行ってくださらない？」

妹が無邪気に言う。

「ええ、もちろん。サラさんに確認のお手紙を書くわね」

それが文通の良い口実になる気がして、喜んで了承した。

「それなら私のとっておきの便箋《びんせん》をあげましょう。手紙のお作法は知っているわね？」

「ありがとう、お母様。完璧なお手紙を書き上げてみせるわ！」

母は美しい便箋《びんせん》や封筒のコレクターだ。そんな母のとっておきなんて、きっと素晴らしいものに違いない。

「そんなに気負わなくとも、その子たちならミスも笑って許してくれるんじゃないか」

「それはそうかもしれないけど、少しでも気に入られたいもの」

兄は苦笑するけれど、頑張れるところは頑張りたい。

私らしさを好きだと言ってくれたサラたちだけど、手を抜いていいということとはまた別な気がするのだ。見栄を張りたいのともまた違う。

誰かの理想だったり、一般的に良しとされるものを目指すのではない。

なんというか、自分をより良くしたいのだ。

それこそが彼女たちと一緒にいる人間として相応《ふさわ》しい気がする。

「たぶん、もっと好きになってほしいんだと思うの」

うまく言葉がまとまらないままに、なんだか子供みたいなことを言ってしまう。

「父さんはミシェルを応援するよ」

けれど父は私の気持ちを理解してくれたのか、優しい目でそう言ってくれた。

書斎で本を読み耽《ふけ》る私に送るのと同じ、柔らかな目だ。

「……私、今までずっとお父様に甘えていたわ」

父は私の成長を喜び、支えようとしてくれている。そう感じた。

「淑女の道を示してくれたのも、学園に通わせてくれたのも。全部私が楽に生きられるように、幸せになれるようにって用意してくれたものだったのに」

でも私はそれを当然のものとして、ありがたがることもせず受け取って、どうせ結婚すれば自由はなくなるしと言い訳をして、自分では何もしてこなかったのだ。

もっと早くこうしていればよかった。あの時ああしていなければもっといい道もあったのに。そんな後悔ばかりしてしまうほどに。

だけど今は違う。

自分の間違いに気づき、視野が広がり、友人のありがたさを知った。

道は無限に選べることも、世界はこの国だけじゃないことも、いろんな人間がいるということも、私はもう知っている。

「もっと変わりたい。成長したい。そう思えるようになったの」

「いい出会いがあったのだな」

「婚約破棄も悪いことばかりではなかったのね」

たぶん父たちは、サラやナルシスのことがきっかけだと思っている。

もちろんそれらも大きな要因で、私の成長には欠かせないものだったけど。

だけど、そう思えるようになったきっかけはなんだったのか。

考えて、真っ先に思い浮かぶのは——

◇◇◇

「やあ、今日は先に始めさせてもらってるよ」

「まあ、かわいい！　これはなんていうお菓子なの!?」

テーブルに並べられた小さなお菓子たちに気を取られて、ヴィンセントへの挨拶も忘れてガゼボに駆け寄る。

ずらりと並べられたそれらは、一口サイズなのにひとつひとつに精巧な細工が施されていて、見ているだけでも楽しい気分になる。

「先週買い付けに行った先で見つけたんだ。あんまりお酒向きじゃないけど、好きかなと思って」

「ありがとう！　嬉しい！　大好き！」

ウキウキとひとつひとつの細工を確認しながら前のめりに言う。

ヴィンセントの言う通り、こういう細々したものは大好きだ。前回そんな話をしたのを覚えていてくれたのだろう。

彼が用意してくれたグラスも洒落《しゃれ》ていて、とても目を引くデザインだ。

お菓子やグラス自体も嬉しかったけれど、私の話を覚えていてくれたことが特に嬉しかった。

「それにしてもあなた、人の家の庭で勝手に酒宴を始めようなんて大胆、ね……？」

揶揄《からか》うようにヴィンセントを見ると、思いがけず赤い顔をしていて途中で言葉が止まる。

「……強引に飲み相手を確保する剛胆なお嬢様がいるお宅なのでね」

私の視線に気づいたのか、片手でサッと顔を隠しながらヴィンセントが言う。

どうしてその反応なのか。考えて、すぐに気づいた。

「……お菓子のことよ!?」

「分かってる。分かってるからそれ以上言わないでくれ。不意打ちで照れた」

慌てて訂正する私に、ヴィンセントが手を振って待ったをかける。

これ以上の言い訳はお互いのために良くない気がして、素直に言葉を飲み込んだ。

「ミシェルはもう少し慎《つつし》みを知った方がいいんじゃないか」

無駄に照れさせられた仕返しか、ヴィンセントが呆れ顔でそんなことを言う。

「あら、いいのよ。私は私らしいのが一番可愛いって言ってもらったもの」

ベンチに座りながら、ふふんと胸を張って言い返す。

少し前ならその言葉にウジウジと悩んでしまったかもしれないけれど、今はもう大丈夫だ。

だって私には私を好きでいてくれる友達がたくさんできたのだから。

「……誰に？」

効き目がなかったのが面白くないのか、ヴィンセントが少しムッとした顔になる。

「お友達よ。サラさんっていうの。すごく可愛い方でね」

そんな可愛らしい方に可愛いと言ってもらえたんだからこれでいいのよ！　と自信満々に言うと、ヴィンセントが気の抜けたような顔で「なんだ」と笑った。

「いい友達ができたんだ。よかったね」

「ええ、そうなの」

「じゃあ今日の祝杯のお題目は、ミシェルのぼっち脱出記念？」

ヴィンセントにはもう、私が淑女ぶって失敗した過去を話してある。だからそのままの私で友達ができたことを、一緒に喜んでくれるつもりらしい。

「もっといいタイトルはないの？」

互いのグラスにお酒を注ぎ合って、乾杯の一歩手前で文句を言う。

「お嬢様というのは贅沢でいけないな」

「キャッチコピーのセンスがない商人の方がどうかと思うわ」

挑発するように言い合うと、ヴィンセントが「それは確かに」と考え込み始めた。

どうやら真面目に考えることにしたらしい。

商人魂に火をつけてしまったのだろうか。真剣な表情はなかなか悪くない。

「……うーん、ダメだ。『ミシェルちゃんおともだちおめでとう会』しか思いつかない」

「ちょっと！　あなたどれだけ私のこと子供だと思っているのよ！」

前言撤回だ。あまり見ない表情にちょっとドギマギしたのは完全に間違いだったらしい。

ヴィンセントは朗らかに笑い、「もうなんでもいいから乾杯しよう」と私のグラスに自分のグラスを勝手にカチンと合わせた。

いじけてムスッとしたまま始まった四度目の酒宴。でも、ヴィンセントとの会話が楽しくてすぐに笑顔に変わってしまった。

「これはどこの国のものなの？」

「ドルージアって知ってる？　国全体で菓子作りが盛んで、よく菓子職人が競い合うお祭りなんかもあるんだけど」

「本で読んだことあるわ！　素敵、こんな繊細なお菓子がたくさんあるの？」

各国の菓子職人が腕を磨くためにドルージアに集まると書いてあった。行ってみたいと強く思ったからよく覚えている。

マーディエフからも学びに行く人は多いらしい。そんなドルージアから持ち帰った技術がこの国の菓子作りに生かされているなら、ドルージアにあるお菓子もそんなに見た目に違いはないだろうと勝手に思い込んでいた。

「ドルージアの職人にしか作れないのかしら……うちでも毎日こんな素敵なお菓子を食べられたら

いいのに……」

「そういうわりにはひとつも手を付けてないみたいだけど」

「だって迷ってしまうんだもの！」

あれもこれも食べてみたくて目移りしてしまう。だってこんな機会、滅多にない。

「やれやれ。ホラ、まずはこれからどうぞ」

どれから食べていいのか決めあぐねていると、ヴィンセントが手元にあるひとつを半分に割って片方を私のお皿に載せてくれた。

「俺が取るのが心配なんだろう？　だったら全部半分こしよう」

「ちょっと、人を卑《いや》しい人間みたいに言わないでくれる？」

睨みながら反論するが、ヴィンセントの言うことは当たっている。せっかくなら全種類食べてみたい。もちろん独り占めしようなんて思ってはいなかったけど。

「でも、そうね。あなたがそこまで言うなら半分こしてあげなくもないわ」

「光栄です、お嬢様」

澄まし顔でそう言って、ヴィンセントは次々に小さなお菓子を半分に切っていく。一口サイズのそれらを、型崩れさせることなく器用にお皿に並べていくのは見ていて楽しい。

「ほら、早く食べて。せっかくミシェルのために持ってきたんだから」

「そ、そうね。じゃあ早速……」

ヴィンセントの作業に見入ってしまっていたのを誤魔化《ごまか》すように、慌ててひとつフォークで口に運ぶ。

「美味しい……！」

「だろ？」

衝撃的な美味しさに思わずなんの捻《ひね》りもない感想を漏《も》らすと、ヴィンセントが得意げに笑った。

「見た目だけじゃなくて、味まで繊細なのね」

ほう……とため息を吐きながらうっとりと言う。

一瞬でなくなってしまった未知のお菓子が、口の中に幸せな余韻《よいん》を残していた。

「そんなに気に入ったならこっちも食べる？」

「ダメよ！　ヴィンセントにも味わってほしいもの！」

残りの半分を差し出そうとするのを慌てて阻止する。

確かにもっと食べたいと思うほどに美味しかったけれど、これは是非ともヴィンセントにも味わってほしい。持ってきてくれた本人に言うのは厚かましいけれど、この感動を分かち合いたかった。

「じゃあ、遠慮なく」

私が力説すると、なぜかヴィンセントはとても嬉しそうにそのお菓子を口に放り込んだ。

「……うん、美味しい」

「でしょう⁉　こんなのって初めて！　あなたがいなかったら一生味わえなかったわ！」

ヴィンセントがすでに味見済みだという可能性を考えもせずに興奮気味に言う。

「そんなに喜んでくれると持ってきた甲斐《かい》があるな。ほら、もっと食べな」

優しい口調と笑顔でヴィンセントが言う。

なんだろう。小さな子供を見るような温かい眼差しを向けられている気がする。

「あなた、親戚のおじさまみたいよ」

それが気恥ずかしくて、ついそんなことを言う。

「失敬だな。君のおじさんはお菓子を買うためだけに海を渡ってくれるというの？」

「気にするところはそこなの？」

けれどヴィンセントは堪えた様子もなく、軽く肩を竦《すく》めるばかりだった。

お皿に並べられた十種類近くの小さなお菓子たち。半分になっていても可愛らしさは変わらない。

ずっと眺めていたい気持ちに、美味しさをまた体感したいという衝動が勝って、二つ目に手を付ける。後はもう止まらなかった。

「ああ、本当に美味しい……それに可愛いし綺麗。前に持ってきてくれたお酒もそうだし、この国の外には私が見たこともないものがたくさんあるのね」

「食べ物だけじゃない。服も、家具も、音楽やダンスも。本を読んだだけじゃ分からないだろう」

「そうなのよ！　ドルージアのお菓子も想像とは全然違っていたし！」

国内のことはともかく、国外の情報を得られる本はそう多くない。あったとしても一冊で何ヶ国ものことがまとめられているものがほとんどで、一国一国について詳細に書かれているものは少ないのだ。ましてやイラスト付きで丁寧に解説されている本なんて、少なくとも父の書斎には一冊も

とって分からないものよね」

「やっぱり直接その国に行って、その国の人たちの生活を見たり、話を聞いたりしないと本当のことって分からないものよね」

「たとえばこの国の公爵令嬢は大酒呑みだとか？」

「そうなの？　この国に暮らして長いけどそれは知らなかったわ」

グラスのお酒をグビグビ飲みながら「どこのおうちの方のこと？」とヴィンセントに尋ねる。

「そんなにお酒が好きな方がいるなら、是非お友達になりたいわ」

「なるほど分かった。酒好きにとってこのくらいの量は大したことじゃないってことか。それも本には書いてなかったな」

何かを諦めたような顔でヴィンセントが私のグラスにおかわりを注いでくれる。

「商人がこんなに親切だということも書いてなかったわ」

お返しに、ボトルを受け取ってまだ空になっていないヴィンセントのグラスに傾けると、すぐに彼はお酒を飲み干して注がれる準備をしてくれた。

「商人というものは顧客を大事にするんだよ。もちろんその家族もね」

「私はお父様のついで？」

「ついでなんかで危険な船旅に出たりするものか」

気取った言い方でヴィンセントが笑う。

私へのお菓子のプレゼントはあくまで仕事のついででしかないくせに。

冗談で言っているのは分かっていても、ドキリとしてしまうのはなぜだろう。

「まあ、お上手だこと。でも、やっぱり国外を旅するのって大変？」

戯《たわむ》れで動揺してしまったのが恥ずかしくて、必要以上に冷たく返してしまう。

「何も準備をしなければそりゃね。けど、しっかりとあっちの習慣や危険な場所を調べて、トラブルを最小限に抑える努力をして行けばそうでもないかな」

けれどヴィンセントは気にした様子もなく、私の質問に丁寧に答えてくれた。

「それこそ本を読んだりね。それからその国から流れてきた人に話を聞いたり」

「言葉は全部大陸公用語で通じるの？」

アルノーヴィア大陸にはこの国を含む十二の国があって、各国の言語の他に大陸内で使われている公用語が存在している。全国民が使いこなせるわけではないけれど、貴族や裕福な商家の子であれば、幼いころから習うものだ。

そしてその公用語は、大陸外でも貿易などで国交がある国では片言程度には浸透していると聞いたことがあった。商業取引なら決まった文言も多いだろうし、その程度でもやりとりできるものなのだろうか。

「大きな取引先はいけるけど、案外個人の商店とかに掘り出し物が多いんだ。そういう時は現地の言葉」

さらりと返された言葉に眉根が寄る。

「……あなた、何ヶ国語話せるの？」

「うん？　そうだな、アルノーヴィア十二国は近い言語も多いし割と全部いけるかな。レンシアとドルージアもよく行くから結構喋れるよ。数字以外の読み書きはちょっと怪しいとこもあるけど、契約書関連は丸暗記してるから問題ないし」

一応私も公爵家の娘として、大陸内各国の挨拶程度は教養として身につけている。

学生時代も他国語を学ぶ授業はあったし、最低限の意思疎通くらいは頑張ればいけるかもしれない。

けれどヴィンセントが言っているのは、明らかにそのレベルではない。

「私、今あなたを初めて心から尊敬したわ」

「何？　褒《ほ》めてもこれ以上は何も持ってきてないよ」

空になったカバンの中身を見せるようにしてヴィンセントが言う。

「なんだ。もったいないことしたわ」

素直な感想を茶化されて憎まれ口を叩いてみるが、ヴィンセントへの尊敬の念は消えない。

頭の回転が速いし、会話のセンスもいいとは思っていた。だけど、それだけじゃない。彼は知能が恐ろしく高いのだ。その上その能力を鼻にかけることもないなんて。

「ま、最悪全然通じなくてもジェスチャーと熱意でなんとかなるものだよ。あなたの作るものは素晴らしいって」

きっと言葉が通じないからといって安く買い叩くようなこともしないのだろう。

そう感じさせる誠実さがヴィンセントにはあった。その人間性は、知識やセンスだけでは補いきれないものだ。

それに、その若さであちこち飛び回る度胸と行動力もすごい。稼業だからといってしまえばそれまでかもしれないけれど、ヴィンセントは本当に楽しそうに国外でのことを語るのだ。きっと仕事だからという以外にも、興味や好奇心が彼を突き動かしているのだろう。

私だって学生時代から外の世界への興味はあったくせに、そんな勇気は出せなかった。結婚以外の道を、選ぶどころか見つけてしまうことさえ怖かったのだ。

「でも、本当にすごいわ。私ならどうやって伝えればいいんだろうって迷った挙句、結局諦めちゃいそう」

「見知らぬ男を酒宴に引き込む度胸はあるのに？」

笑いながら言われて、自分の行動を思い出し頬が熱くなる。

「お酒と涙は女を強くするのよ」

ヤケクソ気味に言うと、ヴィンセントは「あの時のミシェルは確かに最強だった」と納得したように深く頷《うなず》いた。

「けど、ミシェルならきっと十ヶ国語くらいあっという間だよ」

「そうかしら？」

「うん。だって一度読んだ本の内容はほとんど頭に入っているだろう？　それにその知識に関連する別の物事の予測が的確だ。ただ文章を丸暗記して頭でっかちになってるわけじゃなくて、ちゃんと理解して応用することができている証拠だよ。言語習得に必要な素養だ」

ただの社交辞令だと思ったのに、具体的に褒《ほ》められてまた頬が熱くなる。

私がヴィンセントを尊敬しているように、彼も私の優れた点を見てくれているのだろうか。

そう思うと嬉しかった。

「それに好奇心が旺盛だ。学習意欲がすごく高い。物怖《ものお》じもしないし、言葉の分からない国に行ったって、すぐに現地に馴染《なじ》んでコミュニケーションできるようになると思う」

「……褒《ほ》めても出てくるのは父のワインだけよ」

「それは遠慮しておこう」

照れ隠しにそう言うと、ヴィンセントが真剣な表情で首を横に振った。

笑いながら考える。

本当にそうなのだろうか。ヴィンセントが言ってくれたように、私にもできるだろうか。

美味しいお酒や甘いものだけじゃない。その国独自の風習や文化。何を大切に思い、何を愛するのか。

知りたくて、だけどその国で暮らすわけでもないのにそんなものに興味を持つなんて馬鹿げていると言われるのが怖くて、見ないふりをしてきた。

だけど、今なら？

今ならどうだろう。

結婚なんてもうどうでもよくなって、私が私のままでも好きでいてくれる人がいると理解して、知りたいことは好きなだけ学んでいいと知った今なら。

忘れかけていた外の世界への憧れが、鮮やかによみがえる。

「……いいなぁ、私も国を出てみようかしら」

「興味ある？」

独り言のように呟いた言葉に、ヴィンセントが問いかける。

「ええ。ずっと憧れる気持ちはあったの。けど、結婚するのが女の幸せだって両親が言うから……いいえ、違うわね」

無意識に自分への言い訳に使っていた言葉が出てきて、恥ずかしくなる。

それが、勇気がなかったことへの自己弁護でしかないのはもう分かる年齢だ。

本当に行きたいなら行けばいい。言いなりにならないことを責めるような親ではないと知っているのだから。

父や母は過去の事例や自分たちの経験から、結婚が最善の道だよと示してくれただけ。

私はこっちの方が幸せになれると思うときちんと説明すれば、きっと一緒に考えてくれたのに。

「臆病だったのよ。もったいないことをしたわ」

ため息交じりに言って、ヴィンセントが注いでくれたお酒を飲む。

軽やかな口当たりで、甘酸っぱい。

知らない味、知らない景色に、勇気があればたくさん出会えていたかもしれないことを思うと、後悔が胸に広がった。

「今からでも遅くないと思うけど」

なんでもないような口調で、事もなげにヴィンセントが言う。

「そうかしら？」

そのあまりにあっけらかんとした表情に、思わず笑みが漏《も》れる。

ヴィンセントはいつだって私の心を軽くしてくれる。そういうところを好きになった。

そう、好きになってしまったのだ。

自分の臆病さを認めたら、ヴィンセントへの気持ちを認めることにも抵抗はなかった。

「そうだよ。ミシェルはまだまだ若いし、始めるのに手遅れなことなんてないよ」

「そう……かな。……でも、そうかも。いきなりは難しいかもしれないけど、勉強して、行動を起こせば、これからでも叶えられることよね？」

好きな人に励まされてふつふつと希望が湧いてくる。

実際にいろんな国々を渡り歩いてきたヴィンセントが言うのだ。これほど心強い言葉はない。

「うん。なんなら俺が連れ出そうか」

お菓子の片割れを口に放り込みながらヴィンセントが言う。

その片割れに伸ばした手が止まる。

ごく普通の調子で、何気なく発せられた言葉だ。深い意味なんて何もないだろう。その証拠に、彼は涼しい顔のままグラスを呷《あお》った。

だけど冗談で言ったようにも聞こえない。深い意味はなくても、嘘ではないのだろう。つまり、私を連れて行ってもいいと思うくらいには気に入っていると、ただそういうことなのだ。

「……何それ、プロポーズ？」

嬉しい気持ちを隠して、茶化すように言う。

笑い飛ばしてほしかった。そういう意味じゃないよって少し焦ったりなんかして。

「うん」

けれどヴィンセントは真面目な顔で、少し頬を染めて、真っ直ぐに私を見ながら肯定したのだった。

嘘、まさか。

ドクドクと、耳の奥で心臓の音がうるさく響いている。アルコールのせいではない体温の上昇に、頭が付いていかなくてじわりと涙が浮かぶ。

動揺している自覚はある。

今までの人生で一番の動揺だ。ナルシスの浮気現場を目撃した時なんかより、ずっと。思考はバラバラで、気の利いた返しなんて何ひとつ思いつかなかった。

「む、無理よ、そんな、だって急に」

オロオロしながら視線を彷徨《さまよ》わせる。ヴィンセントの顔を見ることができなかった。

「だって、私これでも公爵家の娘だし、自分で決めていいことじゃないし、それに……」

みるみるうちに顔が真っ赤になって、しまいには小さくなって俯いてしまった。嬉しい。それだけは確かなのに。どうすればいいのか分からなくて、私はまた自分に言い訳をしている。

「……分かってる。ごめん」

そんな私を見て、ヴィンセントは辛そうな顔で苦笑した後、自らグラスに酒を注いだ。

彼は一瞬だけ顔を俯けて、それからパッと顔を上げるともういつもの笑みが浮かんでいた。

「連れて行くといえばそうだ、うちの料理人が新しい食材を直接自分の目で見極めたいとか言ってさ」

それで今の話はなかったみたいに別の話を始めてしまった。

流すべきなのだろう、と思う。商人の息子と公爵家の娘の結婚なんて、どう考えても現実的じゃない。いくら私が傷物扱いで、将来別の貴族に嫁入りすることが絶望的だとしても。

父が許すはずない。

母だってきっと止める。

ナルシスに裏切られた後だから余計だ。私の幸せを願っているからこそ、反対するはずだ。分かっている。だけどまた親を言い訳に使うつもりなのか。気づいて自分が情けなくなる。

父がどう思うかじゃない。

私自身がどうしたいかだ。

「それで船に乗って十分もしないうちに船酔いでフラフラになっちゃって」

「あの、えっと」

ヴィンセントの話を遮《さえぎ》って顔を上げる。

父が許さないなら、許してもらえるように努力すればいい。

ちゃんと話を聞いてくれる人なのだから。頭ごなしに怒鳴りつけるような理不尽な親ではないのだから。

学園に入学する時だって、気が強いことを皆に受け入れてもらえるか心配し、猫を被るのではなく、それでもいいと言ってくれる人を見つけるべきだった。

父の心配を笑い飛ばして、お淑《しと》やかな女以外ダメなんて言う男はこっちから願い下げよと胸を張れば良かったのだ。

「……ついていきたい、な」

唐突な言葉にヴィンセントがきょとんと目を瞬《また》かせた。今の話の流れに沿っていないから当然だろう。

だけど聡《さと》い人だ。私が何について答えたのかすぐに理解して、その瞬間私に負けないくらい顔が真っ赤になった。

「ほ、本当に？」

「うん。あの、ええ。つまりその」

視線を彷徨《さまよ》わせながらしどろもどろに言う様はさぞ滑稽だろう。

だけどヴィンセントがそんなことを笑う人ではないと、もう知っている。

「それって、そういうこととして受け取ってもいい？」

「うわっ、うん、もちろん！　あのでも、ごめん、今ドキドキしてちゃんと喋れる自信ない」

私の気持ちが伝わったなら、その先のことをきちんと話し合うべきだ。

だけどヴィンセントのプロポーズを受けた瞬間からアルコールの回りが一気に速くなって、頭が

クラクラしている。そんな状態では、まともな話し合いなんてできそうにない。

「えっ、ごめん俺もだ。ええとじゃあ……うん、次来た時にその、シラフの状態でちゃんと話そうか」

「そうね。今、全然冷静じゃないもの……」

じわりじわりと額に浮かぶ汗をハンカチで拭いながら答える。

互いにうふふ、あははとぎこちない笑みを交わし合って、とりあえずその日はお開きにすることにした。

大量に持ち込まれた酒瓶は、半分も消費されることなく私のバスケットの中に納められる。

「じゃあ、また」

「うん、また」

無言で淡々と片付けを終え、最後は目も合わせられないままぎこちなく別れを告げる。

家族との夕食は上の空で、その日はもう何も手に着かなかった。

自室に戻るなりベッドに飛び込んで、枕に顔をうずめる。

考えてみれば、ヴィンセントとシラフで話したことなんて一度もなかった。

酔いはとっくに覚めているはずなのに、酩酊感《めいていかん》はいつまでも続き、ドキドキしてなかなか寝付けなかった。

そういえば、また次の約束をしなかった。

ベッドの中で今更なことに気づく。

でも、大丈夫。今までだって会いたいと思った時に会えた。
きっとこの胸の高鳴りが落ち着くころにまた会える。
妙な安心感に深く息を吐いた。
だけどそれ以来、ヴィンセントがペルグラン家の庭に現れることはなかった。

第四章　真実はワインの中にある

大公家主催の式典に参加するのは久しぶりだ。

普段の国内貴族だけが参加する夜会とは違い、今夜は近隣諸国の重鎮たちとの交流が主目的らしい。だから公爵家の人間はもちろん、侯爵位や伯爵位でも主要な有力者たちには参加が義務付けられている。

若い女性はそれだけで賑やかしになるので、高位貴族の令嬢が多く参加していた。

公爵家の娘である私ももちろん招待されていて、強制ではなかったけれど、サラたちも参加すると聞いて気晴らしに出席することにした。

「ミシェルさん、なんだかお顔の色が優れないようだけど」

「そんなことないわ、サラさん。少し緊張しているだけよ」

ヴィンセントと会えないまま、すでに三ヶ月が経っている。

商談のために外国へ渡っているのかもしれない。また私のために珍しいものを探しに行ってくれているのかも。だけど、それにしては長すぎないか。もしかしたら、彼に何かあったのだろうか。

あるいは、私にプロポーズしたことを後悔しているのかも。

考えても仕方のないことばかりを考えて、毎日上の空で過ごしていた。

そんな鬱々《うつうつ》とした気分を切り替えるためにも、この式典への参加はいい機会だった。

「今日は各国の王族の方々もいらっしゃるのでしょう？　私、国外の尊い方にお会いするのって初めてなの」

「あら、他国の方から見たらミシェルさんだって十分に尊いお方よ？」

サラたちとは定期的に会っていて、最近では互いにずいぶん砕けた口調になっている。

「……言われてみればそうかもしれないわ。でも、私相手に緊張してくれる方がいるかしら」

王政がほとんどの近隣諸国とは違って、大公国である我が国では、大公家当主が王様、公爵家が王族にあたるだろうか。ペルグラン家を継ぐのは兄だし、そんな自覚はなかったけれど、はたから見れば確かにサラの言う通りかもしれない。

「いるに決まっているわ。そうでなくてもミシェルさんは綺麗だもの」

「そうよ！　もしかしたら一目惚れでいきなりプロポーズなんてこともあるかも！」

サラの言葉に続いて、夢見がちなカテリナが目をキラキラさせながら言う。

褒《ほ》められているのは嬉しいけれど、プロポーズという言葉が引っかかって咄嗟《とっさ》にお礼を言うことができなかった。

「他国の王族に見初《みそ》められたらすごい玉の輿《こし》だわ。ナルシスなんて目じゃないわね」

毒舌家のルーシーが皮肉げに唇を歪《ゆが》めて笑う。

「そういえば、レミルトン王国の王子様も何人か来ているらしいね」

それを聞いて、男性的な物言いをするノアが思い出したように言う。

「レミルトンといえば、リンダ・ガルニエじゃない？」

「最高。それなら両方の鼻を明かせるわ」

ルーシーとカテリナがクスクスと笑い合う。

確かに、レミルトンの王子といえば、ナルシスの浮気相手であるリンダの元婚約者だ。

もう正式に破談になったとは聞いているが、リンダはしつこく復縁を迫っては追い返されているらしい。

「こら、二人とも。悪い顔になっているわよ」

「だけどサラ、あまり良くない考えだが私も二人に賛同するよ。ミシェルは報われるべきだ」

サラが窘《たしな》めて、ノアが苦笑する。

「それは私もそう思っているけれど……」

サラが気まずそうに言ってチラリと私を見る。

私はそれに曖昧な笑みを返した。人の悪口なんて滅多に言わない人たちだ。それなのにリンダのことをこんな風に言うのは私のせいだ。

彼女たちは私とリンダの因縁にものすごく腹を立てている。だから今日が仕返しのチャンスだと言ってくれているのだろう。確かにレミルトンの王子と結婚すれば、ナルシスだけでなくリンダを悔しがらせることもできるだろう。

でも、到底そんな気分にはなれなかった。だって玉の輿《こし》なんて考えたこともない。

結婚だって、相手がヴィンセントじゃないならする意味はない。

ナルシスとリンダへの仕返しだってもうどうでもいい。やりたいことを見つけてしまったから。だけど。

このままずっと彼に会えなかったら、私はどうすればいいのだろう。

ヴィンセントはもう、私のことなんてどうでもよくなってしまったのだろうか。

「でも、リンダの元婚約者は末王子ではなかった？　こういう重要な場に参加するのかしら」

マイナスに動き続ける思考を止めたくて、興味はなかったけれどみんなの会話に合わせる。

「それがその方はレミルトンの貿易に大きく関わっているらしくて、外交関係の式典には必ず出席するそうよ」

「へぇ、若いらしいのにすごいな」

サラの説明にノアが感心する。

「じゃあ、この会場に来ているってこと？」

「だからリンダが張り切っていたのね」

カテリナがワクワクした様子で広い会場内を見回し、ルーシーが意地の悪い顔で笑った。

「リンダに会ったの？」

「見かけただけ。すごい派手なドレスにゴテゴテとアクセサリーを盛り付けて、まるで極楽鳥みたいだったわ」

「それは……」

「見てみたーい！」

言葉に詰まるノアに、被せるようにカテリナが楽しそうに言う。

「廃嫡寸前のようだし、この機会にかけているのかも」

「まだ復縁を諦めていなかったの？」

それを聞いてサラが思い当たったように言い、カテリナが呆れ顔になる。

「でも、それでしか失点を取り戻せないのだとしたら必死にもなるかも」

苦笑しながら私が言うと、サラたちが「それもそうね」と顔を見合わせて頷《うなず》き合った。

リンダには全く同情できないけれど、家を継ぐ以外の道がないと思い込んでそれに執着する気持ちは分からなくもない。

だけど、いつか彼女も気づくだろうか。道は他にもあって、消去法なんかではなく、自分次第でそれを選ぶこともできるのだと。

「あ！　噂をすれば、あれリンダじゃない!?」

カテリナが会場の中央を見て目を丸くする。

そこには重要人物がいるのか、すでに人だかりができていた。

中心にいる人物は埋もれて見えない。けれどその人の群れに、極彩色のドレスを纏《まと》った女性が真っ直ぐに突っ込んでいくのが見えた。

「本当だ、あれはリンダ嬢だね」

「うわぁ～、すっごい派手ね」

「ね、言ったでしょ？　極楽鳥みたいって」

「さすがにあれは少し悪目立ちしてしまうわね」

サラたちが口々に言っている間に、リンダが人だかりを掻《か》き分けるようにして輪の中に姿を消した。どうやら中心にいる人物に用があるらしい。

「見た？　今のリンダの顔」

「見た。すんごい怖い顔してた」

「……何か事件の匂いがしない？」

「面白そう！　ねぇ、近くまで行ってみましょうよ！」

「あっ、ちょっと二人とも！」

カテリナとルーシーが興味津々の顔で手を取り合い、サラが止める間もなく駆け出した。

その後を、ノアが無言でついていく。

「もう！　ノアまで！」

「ノアさんって案外好奇心旺盛よね……」

呆れて憤慨《ふんがい》するサラを宥《なだ》めるように言う。

ただ、この場で思慮深いのは残念ながらサラだけだったようで、私もリンダの行動が気になって視線が会場中央に釘付けになってしまっていた。

「……私たちも行きましょうか」

それに気づいたのか、サラが苦笑しながら私の手を引いて歩き出す。

「べ、別に深い意味はないのよ？」

「仕返しする気はなくても、やっぱり気にはなるものね」

慌てて言い訳をすると、分かっているとばかりにサラが大人の態度で言う。彼女は私の考えなどお見通しらしい。

サラと連れ立って、ざわつく人だかりの外側からピョコピョコ跳ねて中心を見ようとするカテリナたちに追いつく。

「何が起こってるの？」

「それが分からないの。人が多すぎて」

私が問うと、カテリナがつまらなそうに振り返って肩を竦《すく》めた。

「うげっ」

と同時に、私の後方に視線を移して貴族令嬢らしからぬ声を上げて、思い切り顔を歪《ゆが》めた。

「うーわ」

それにつられるように振り向いたルーシーも、同じく顔を歪《ゆが》めて低い声を上げ、ノアが凛々《りり》しい表情でなぜか私の背後に移動した。

「何？　後ろに誰か……」

「ミシェル！」

誰かいるの？　と聞こうとして固まる。

名前を呼ばれて反射的に振り返ると、そこには見たくもない顔があった。

「ナルシス……」

「会いたかったよミシェル！　何度キミの家に行っても会わせてもらえなくて、困っていたんだ」

ナルシスの言葉に呆れてしまう。

それはそうだろう。娘を裏切った上に醜態《しゅうたい》を晒《さら》した男を、屋敷に上げるわけがない。

そもそも、なぜこの場にこの男がいるのか。まだ処遇が保留となっているリンダとは違って、ナルシスは廃嫡が確定している。まるきり庶民というわけではないが、貴族としてこの会場に招待されるなんてありえないはずだ。

やり返す気がなくなったとはいえ、本当はもう顔も見たくない。

背の高いノアが、ナルシスの視界から私を隠すように立ってくれている。

サラたちも私の両脇でナルシスを睨みつけている。

大切な友人たちに守られている安心感に助けられ、なんとか落ち着いて対峙《たいじ》することができそうだ。

「どうしてあなたがここに？　まさかまた忍び込んだの？」

「まさか！　ちゃんとサイラスに連れてきてもらったんだ。本当に信用できるのはあいつだけだよ」

目つきを鋭くして問うと、ナルシスがなぜか嬉しそうに笑って答えた。

大公陛下の、年の離れた末弟サイラス・ハウンドヘリッジ。

甘やかされるだけ甘やかされて根性のひん曲がった嫌な男の名前を聞いて思わず眉間にシワが寄った。

サイラスは、ナルシスとは一応友人関係にあった。三学年上の先輩でもあったが、不真面目なサイラスはほとんど授業に出ていなかったのもあって、私はあまり関わりはない。

けれど、悪い噂はあちこちで聞いていた。

彼なら無理を通して招待されていない男一人を招き入れるのは簡単だろう。サイラスは人が落ちぶれるのを見るのが大好きな厄介者だ。今回ナルシスは観察対象として選ばれたのだろう。

全く、余計なことをしてくれたものだ。

「サイラスが言ったんだ。ミシェルが俺を待ってるって」

「待ってないわ」

寝言のようなことを言われて反射的に否定する。

けれどナルシスは堪えた様子もなく、妙に穏やかな表情で一歩私に近づいてきた。

私の前に立つノアの背中が緊張するのが分かる。

「恥ずかしがる必要はない。もう素直になっていいんだ。本当は気づいているんだろう？　リンダのせいで傷ついて、ただ意地を張っているだけだって」

熱に浮かされたように言うナルシスにゾワゾワと鳥肌が立つ。

「恥ずかしがってないし、傷ついてもない。勘違いはやめてちょうだい」

「大丈夫。俺も気づいたんだ、本当に必要なのはミシェルだって」

「私はあなたなんか必要じゃない。お願いだから今すぐ消えて」

けれどどれだけ否定しても、ナルシスはまるで私の声が聴こえていないかのように自分の言いたいことだけを並べていく。

「何あいつ、気持ち悪っ」

ルーシーが私を守るように私の左腕にしがみつきながら言う。

「ミシェル、キミだけが真剣に俺のことを叱ってくれた。あんなに俺を愛してくれたのはキミだけなんだ」

「だから愛してないってば！」

また一歩近づいてくるナルシスの目が、正気のものとは思えずゾッとする。

「……あの人、何か別の声が聞こえちゃってない？」

カテリナが怯えたように言って、私の右腕にしがみつく。

「それ以上近づいたら警備兵を呼ぶわ」

「ああ、そのはっきりした喋り方。以前のキミからは考えられないほどに素敵だ」

陶酔《とうすい》した目でナルシスが言う。ちっとも嬉しくないし、むしろ最低の気分だ。

「あら、以前の御《ぎょ》しやすそうな私がお好きだったのでしょう？　無理しなくていいのよ」

「違う。前はキミを利用しようとしていた。それは認めるよ。だけど、キミに叱られて目が覚めたんだ」

「今も寝言を言っているようにしか聞こえませんわ」

サラはそう言うと、いつもの優しい表情を厳しいものに変えた。

「リンダじゃなかった。彼女は偽物だった。本当のママはキミだったんだ！」

「ひぇっ」

「いやー！」

あまりの気持ち悪さに、みんなで口々に悲鳴を上げ抱き合うようにして身震いする。

ナルシスの態度は恐怖でしかなかったが、サラたちが一緒に立ち向かってくれるおかげで辛うじて悲鳴を上げずに済んでいる。彼女たちの存在が心底ありがたかった。

「帯剣が許されていたらこの場で叩き斬ってやったんだが」

私たちの盾になるように前に立つノアが、うんざりしたようにぼやく。

彼女の剣術の腕は男性並みらしいので、是非ともそうして欲しかった。

「毅然《きぜん》とした瞳が愛しいよ。その目でもっと俺を睨みつけてくれ」

「あなたとはもう終わったの。顔も見たくないわ」

震える声で言い返す。

「そう、そうだ。俺はもっとキミに叱ってほしいんだ」

「ダメよ、ミシェル……こいつ何を言っても喜ぶだけだわ！」

ルーシーが絶望したように叫ぶ。

同時に、背後から甲高い女性の声が聞こえてざわめきが起こった。

たぶんリンダだ。

内容までは聞き取れないが、ヒステリックな声が断続的に耳に届く。どうやら揉《も》めているらしい。

向こうの状況が気になるのに、しきりに話しかけてくるナルシスのせいで何も分からない。

「なぁ、頼むよ。やり直したいんだ。ミシェル、キミからも父になんとか言ってくれないか」

結局目的はそれか。

クレジオ公に取りなしてほしいなら、きちんと正式な手続きを踏んで頭を下げるのが先ではないのか。それをこんな訳の分からない口説き文句で誤魔化《ごまか》そうとするなんて。

無性に腹が立って何か言い返してやろうと口を開いた瞬間、ナルシスが一気に私との距離を詰めた。

「ちょっ、やめて触らないで！」

ノアのガードを掻《か》い潜《くぐ》って腕を掴まれる。耐え切れずに平手打ちをお見舞いしようとした瞬間、人の群れからリンダが飛び出してきた。

周囲のざわめきが一層大きくなる。

一体何があったのか、リンダは真っ赤な顔で目に涙を浮かべていた。

――しまった、目が合った。

そう思った瞬間、リンダが激昂した顔でツカツカと近寄ってきた。

「あんたのせいで！」

「きゃあっ！」

「ミシェルさん！」

バチンと大きな音がするのと同時に、視界が白くスパークした。

「大丈夫か、ミシェル！」

思い切り叩かれたのだと気づいた時には、ナルシスがどさくさに紛《まぎ》れて私の身体を抱き込んでいた。

「触ら、ないで」

衝撃にクラクラしながらも、触れられているのが気持ち悪くてナルシスを突き放す。

「ミシェル！　大丈夫⁉」

「大変、頬が真っ赤だわ！」

叩かれた私の頬を見て、慌てた様子のサラとカテリナが瞬時に泣きそうな顔になった。

「なんてことをするんだ！　リンダ・ガルニエ！」

「この馬鹿女！　悪いのはあんたとこの馬鹿男でしょうが！」

ノアがリンダをきつく睨み据え、ルーシーがナルシスを指さしながら吠えている。

オロオロするばかりのナルシスを見て、リンダの表情がますます歪《ゆが》んでいく。

「ナルシス！　その女とそこで何してたのよ！」

「リ、リンダ……！　これはその、違うんだ、俺はただ」

リンダはへどもどと言い訳しようとするナルシスを一喝すると、怒り狂った形相《ぎょうそう》のまま私に向き直った。

「あんた、私の縁談をダメにしただけじゃ気が済まないわけ⁉」

もううんざりだ。

いつまで私はこの二人に振り回されなくてはいけないのだろう。

「……くだらない」

熱を持ち始めた頬を押さえながら、真っ直ぐリンダの視線を受け止める。

彼女はわずかにたじろいだけど、それが悔しかったのかさらに目つきを鋭くした。

「うるさい！　あんた生意気なのよ！」

「私が？　なぜ？　あなたに何か意見したことがあったかしら」

「あたしがこんな目に遭ってるのはあんたが余計なことしたせいでしょう⁉」

「あなたが落ちぶれていくのはあなた自身のせいであって私は関係ないわ」

少しも怯《ひる》まずに言い返す。

こんな女、怖くもなんともない。

だって私はもうどこへだって行けるし、何にだってなれるのだ。

そう、たとえヴィンセントにもう会えなかったとしても。

「思い通りにならないからって私に八つ当たりしないで」

「そうだ！　ミシェルを叩くなんて最低だ！」

ナルシスが何を思ったのか、リンダではなく私を庇《かば》うようなセリフを吐く。

一人で喚き立てるリンダより、サラたちが味方をしている私につく方が有益だと判断したのだろうか。その態度に激しく苛立ちが募った。

頬は痛いし、ナルシスは気持ち悪いし、ヴィンセントには会えないし。

もう最悪だ。

「そうよ。殴るならこの男でしょう」

そう言ってナルシスの首根っこを掴んでリンダに差し出す。

くだらない痴話喧嘩に、無関係の私を巻き込まないでほしい。

「ミ、ミシェル⁉」

慌てふためくナルシスが、信じられないといった顔で私を振り返った。

残念ながら同情心は一切湧かない。

私がリンダに殴られたのは、間違いなくこの男のせいなのだから。

うんざりだ。ナルシスにリンダを押し付けて、もうさっさと帰ってしまおう。

「失礼、通していただけますか」

そう決意したところに、唐突に人垣の向こうから第三者の声が割って入った。

騒ぎが気になって駆けつけてきた野次馬だろうか。

私たちのいざこざで周囲が騒然としているにもかかわらず、やけに通る声だった。

その声になんだか物凄く聞き覚えがある気がして、胸がざわつくのを抑えられなかった。

「ヴィンセン、ト……？」

いささか焦ったような表情で出てきた男性を見て、呆然と呟く。

それは確かに私がずっと会いたかったヴィンセントだった。

なぜ、彼がここにいるのだろう。

商人だというようなことを言っていたから、ここにいる貴族の誰かが連れてきたお抱えの商会だろうか。社交の場で商談をする貴族もいるので、その類かもしれない。

だけど、登場した場所と格好が問題だ。

きっちり綺麗にセットされた髪に、この国とは異なるデザインの礼装。シンプルだけど明らかに高価なものだと分かる宝石のついたアクセサリー。

飾り立てられたその姿は、とても一商人には見えなかった。

パーティーの中心から出てきたこの青年は、本当に私の知るヴィンセントなのだろうか。

ぼんやりそんなことを思っていると、彼は真っ直ぐに私の前に元へ来て、痛ましい表情で私の頬にそっと触れた。

それから怒りに満ちた冷たい視線をリンダへ向ける。

「……ガルニエ嬢、あなたが彼女を？」

「ヴィンセント様！　ち、違うんです！　その女が私を陥れたのです！」

リンダが彼の名前を呼んだ。

ああ、やっぱりヴィンセントなのか。

怒りに燃える横顔を見上げながら、場違いなことを思う。

「不貞の告発が罠《わな》だとでも？　つくづく呆れた女性だ」

吐き捨てるように言われてリンダの顔が歪《ゆが》む。

そうか。ヴィンセントの婚約者ってリンダのことだったのね。

なるほど、どうりで彼の話に既視感があると思った。そりゃそうよね、私も当事者の一人なのだ

もの。やけに冷静にそんなことを考える。

リンダが何か言い訳をしている。

ヴィンセントが冷淡に返す。

ナルシスはオロオロするばかり。

カテリナが私の頬に触れているヴィンセントを見て、頬を染め黄色い悲鳴を上げる。

ルーシーとノアが「どういうこと？」と疑問だらけの視線を交わし合い、サラが説明を求めるような困惑した目で私を見ている。

彼らのやりとりは見えているし聞こえているはずなのに、会話の内容が上手く頭に入ってこない。

なんだか、全部別世界の出来事みたいだ。

「行こう、ミシェル」

ヴィンセントに名前を呼ばれてハッとする。

一気にパーティーの喧騒《けんそう》が戻ってきた気がした。

「おい、貴様！　馴れ馴れしく俺のミシェルに触るな！」

彼が私の肩を抱いた瞬間、ナルシスが叫んだ。

「誰がお前のものだ」

「ひぃっ」

ヴィンセントが心底不愉快そうにナルシスを睨みつける。

その迫力に気圧《けお》されたのか、ナルシスが勢いをなくして後退《あとずさ》った

「失礼、休憩室への案内を頼めますか」

すぐにナルシスへの興味をなくしてヴィンセントが近くにいた給仕係に問う。

さすが大公家の使用人だ。不測の事態にもかかわらず、冷静に受け答えをしてヴィンセントを会場の外へ促した。

「兄上、申し訳ありませんが少し席を外します。後は任せてもいいでしょうか」

ヴィンセントが声を掛けた方を見ると、彼と似たような礼装に身を包んだ男性が人垣からひょっこりと顔を出したところだった。

「はいよ、ごゆっくり。いやはや、愚弟がお騒がせして申し訳ありません」

彼は軽い調子で頷《うなず》くと、柔和な笑みを振りまいて、緊迫した空気をあっという間に緩めた。

ナルシスとリンダは口汚く互いを罵《ののし》り合っていて、まるで浮気現場を目撃した時の再現だ。

サラたちが何か聞きたそうな顔をしている。けれど、遠慮したのか、固唾《かたず》をのんで私たちを見守ってくれている。

当の私はと言えば、事態を把握しきれなくて、ヴィンセントに促されるまま会場を出るので精一杯だった。


休憩室の案内を受け、ようやく静かな場所に辿《たど》り着く。

その間、私たちの間に会話はなかった。

使用人の手当てを断り、応急セットを受け取ったヴィンセントと、喧騒《けんそう》から離れた部屋で二人きりになった。

「そこに座って」

言われた通りにソファに腰を下ろす。

何も言えずに俯いていると、少しの間沈黙が落ちた。

ヴィンセントは何も言わず、冷たい水に浸したハンカチを渡してくれた。

それを受け取り頬に当てる。

「……パーティーの主役がこんなところにいていいの」

「主役は兄たち。俺はオマケ」

なんとかぎこちなく口を開くと、否定も言い訳もなく、いつも通りの口調でヴィンセントがさらりと答えた。

それから近くにあった椅子を私の正面に置いて、そこに座る。

「……騙《だま》していたのね」

ぽつりと呟くと、こちらを向いたヴィンセントが心外そうに片眉を上げた。

「黙っていただけだ」

「商人って言った」

どうしても責めるような口調になってしまう。

だって、商人どころか隣国の王子様だなんて。

最初からそう打ち明けてくれていたら、いくら酔っていても強引に酒宴に引き込んだりなんかしなかった。

たぶん。

きっとそう。

……ちょっと自信はないけど。

「似たようなものだって答えた。第十五王子なんて政務にはいてもいなくても変わらないから。たまたま商売に向いてたから、商業ギルドの管理側に関わらせてもらってる」

子供のようにむくれている私とは正反対に、ヴィンセントは淡々とした口調だ。

弁解や釈明をする気はないらしい。

「第十五王子なのね……」

リンダの元婚約者が末弟だというのは知っていたが、男だけで十五人もいるというのは初耳だ。

「それだけいると一番下の扱いはぞんざいでね。だから婚約破棄もそんなに大問題にはならなかった」

リンダとのことを言っているのだろう。

彼女と婚約破棄をしたのなら、私とナルシスのことだって最初から詳しく知っていたはずだ。それこそ、初対面のあの日から。

「……何も知らないでへらへら酔っぱらってた私が面白かった？」

自虐的な気持ちでそんなことを言う。

婚約者に騙《だま》されて、ずっと浮気されていた惨めな女だと最初から知っていたから。だから私の誘いを断らなかったのだろうか。

「ああ」

躊躇《ためら》いもなく頷《うなず》かれて胸が苦しくなる。

涙目で睨むと、ヴィンセントは目を逸らすことなく、真っ直ぐに私を見た。

「楽しかった。地位も立場も気にせず君と飲んだくれるのが」

眩しいものを見るようにヴィンセントが目を細める。

「全部取っ払って、ただの俺と君とで話すのがこの上なく幸せだった」

たったそれだけの言葉で、辛い気持ちがあっという間に霧散《むさん》していく。

その声には切実な響きがあって、心からの言葉だというのがすぐに理解できた。

冷たいハンカチを当てているというのに、じわじわと頬の熱が上がっていった。

心臓が早鐘を打ち始めて、自分の単純さに呆れるほどだった。

「……で、でも、会いに来てくれなかった」

慌てて顔を伏せて、責めるように言う。

単なる照れ隠しでしかなかったけれど、ヴィンセントの誠実さの前ではいじけた口調になってしまうのが恥ずかしい。

「そりゃだって、色々準備を整えたり根回しが必要だったから……」

私の言葉にヴィンセントがモゴモゴと口籠《くちごも》る。

急に歯切れが悪くなったことを不思議に思って顔を上げると、なんだか難しい表情をしていた。

「根回し？」

「いや、ほら……プロポーズは完全に酔った勢いだったから……」

「勢いって、そんな……」

気まずげに目を逸らされて胸がざわめく。

やっぱり後悔しているのだろうか。だから飲みに来なくなってしまったんだ。

「だって普通、告白が先だろう？」

先走って泣きそうになっていると、ヴィンセントが苦渋の表情でそんなことを言う。

「そこがスタート地点で、デートとかを重ねてもっとお互いをよく知って、それからようやくプロポーズして……それに結婚したらミシェルにはレミルトンに来てもらうことになるだろう？」

「……え？」

予想外の言葉に思わず間の抜けた声が出た。

レミルトンは政略結婚が主流のこの国の貴族とは違って、王族でも恋愛結婚が多いらしいからヴィンセントの考えは一般的なのだろう。きちんと愛を育《はぐく》む過程まで予定に組み込まれているのがなんとも気恥ずかしい……のだが、なぜ今その話をしているのだろうか。

呆気に取られた私をよそに、ヴィンセントは生真面目な顔をしたままさらに話を続ける。

「ペルグラン公が簡単に君を手放すとも思えないし、正直一番苦労するのはそこだ。それにできれば妻として王宮に閉じ込めるんじゃなくて、一緒に商業ギルドを盛り上げていきたいと思ってさ。だからそのための態勢を整えなきゃいけないし、それに……」

なおも話し続けるヴィンセントは、あれこれと必要な手順や結婚後の計画を指折り数え挙げていく。

「けど、ミシェルが国の外に興味があるとか言うから。今がチャンスって、全部すっ飛ばしてプロポーズしちゃったんだよ」

もし酔った場での戯《たわむ》れだったと、あの時のことを反故《ほご》にされたら。

私のネガティブな邪推《じゃすい》は見事に的を外していたようだ。

怒涛《どとう》の勢いで話してくれた内容全てが結婚前提の話で、ヴィンセントがどれほど私との婚約を本気で考えているのかがよく分かった。

「そ、そうだったの……」

会えなかった期間のことを知って、じわじわと頬の熱が上がっていく。

「あっ、もちろんミシェルが家庭に入りたいっていうなら叶えたいけど。でも俺の希望としては、一緒にいろんな国を回りたいし、色々見せてあげたいって思ってる」

ヴィンセントが慌てたようにそう言ったけれど、彼を疑う気持ちはもう微塵《みじん》も残っていなかった。

「軽い男だと思われたくなかったから全部整えて、本気だって分かってもらった上でちゃんとプロポーズしようと思ってたのに」

あれは失敗だった、とヴィンセントが悔やむように言う。

「それでシラフで仕切り直すために色々とやっていたら、会いに来るのが遅くなった」

ごめん、と潔《いさぎよ》く頭を下げてヴィンセントが言う。

なんだかもう胸がいっぱいで、上手く言葉が出てこなかった。

「君のお父上が特に手強くて。実はミシェルと会わなかった間もこっそり通ってたんだ。娘を裏切るような男ならいらないってなかなか信用してくれなくて」

深くため息を吐いて苦笑を漏《も》らす。

「そんな状態でミシェルに会うのは卑怯な気がしてさ。こんなに反対されるなんて思ってなかったから、先に言っておけばよかったって何度後悔したこと、か……」

それからふと、途中から真っ赤になって何も言えなくなってしまった私に気づいたのか、頭を上げてこちらを見た。

彼は一瞬目を丸くして、それからすぐに意地の悪い笑みを浮かべた。

「それで、俺は今シラフだけど……ミシェルは？」

盛大に照れている私の様子が楽しいようで、ニヤニヤ笑っているけれど怒ることもできない。

ハンカチはもうちっとも冷たくなくて、私の顔を隠すためだけの布と成り果てていた。

「……一滴も飲んでないわ」

「それは良かった」

そう言って嬉しそうに笑う。

その表情にぎゅっと胸が締め付けられた。

こうして全くのシラフで相対してみるとよく分かる。

なんだろう、この素敵な男性は。

こんな素敵な人が、私のためにずっと頑張ってくれていたなんて。

アルコールでぼやけていないクリアな視界の中で、ヴィンセントの周りだけキラキラ輝いて見える。

「じゃあ、改めて言うけど」

「ねぇ、私と結婚してくれる？」

そんな今更なことに気づいて、衝動的にプロポーズの言葉が口から飛び出した。

「……なんで先に言うんだよ」

悔しそうに、だけど満ち足りたようにヴィンセントが目を細めて笑う。

「ご、ごめんなさい、なんだか居ても立ってても居られなくなって……」

「俺が好きすぎて？」

「そう、好きすぎ、て……っ、もう！」

まんまと誘導されたことに気づいて、ぺちんとヴィンセントの膝を叩く。

彼はただ幸福に満ちた笑い声を上げるだけだった。

エピローグ

ヴィンセントがペルグラン家の屋敷を再び訪れたのは、一ヶ月後のことだった。

「お願いします。どうかミシェルさんと結婚させてください」

「殿下、あなたの誠実さは重々承知しているつもりです。ですが、娘は不届き者に深く傷つけられたばかりなのです」

難しい顔をしている父の横で、母がのほほんと成り行きを見守っている。

今日、ヴィンセントは私たちの結婚の許しを得るために来てくれている。

「ばかりってお父様、一体いつの話をしてらっしゃるの？」

ヴィンセントがメインとなって説得する傍ら、私が横からやいやい言う形だ。

応接室には私とヴィンセント、それから両親の四人しかいない。だけどたぶん、扉の向こうでは兄と妹が聞き耳を立てている気がする。

「彼女の心を癒やす役割を与えてくださいませんか。そのために一緒になりたいのです」

「そうは仰いますが、結婚したらレミルトンに連れていくおつもりでしょう？　私はどうやって娘の回復を知ることができるのですか」

「だからそんな傷はとっくに回復しています。それもヴィンセントのおかげなの」

渋るようなことを言っているが、父の口調は柔らかい。おかげで私もヴィンセントもあまり緊張せずに済んでいた。

きっと、父を説得するために私の知らないうちに何度も通ってくれていたおかげだろう。それでもすぐに頷《うなず》いてくれないのは、父としてのせめてもの抵抗か。

「結婚の暁《あかつき》には、年に数度ミシェルさんを連れて各国のお酒を献上しに参ります」

「ちょっと、父を物で釣らないでくれる？」

堂々と賄賂《わいろ》の提案をするヴィンセントをじろりと睨む。

「ちがうよ、こまめに君の顔を見せにくることで安心してもらおうと」

ギクリと肩を強張らせたくせに、いい笑顔でヴィンセントが言う。

こういうところ、やっぱり商人気質だと思う。

「じゃあ私だけでいいじゃない」

「いや、気は心と言ってだな」

「何よ、やっぱり賄賂《わいろ》じゃない」

「俺なりの誠意と言ってくれないか」

「私が簡単に物で釣られるからってお父様もそうだとは思わないことね」

「簡単に釣られてる自覚はあったんだ」

文句を言う私に、父の説得を邪魔されたというのにヴィンセントはなんだか楽しげだ。

「……分かったよ。二人の結婚を許そう」

そんな私たちを見て、苦笑しながら父が言う。

「……お父様？」

まさか本当にお酒に釣られたのかしら。

「ちっ、違う！　断じて酒に釣られたわけでは！」

疑惑の目を向ける私に、父が慌てて否定する。

「あなた、そんなに慌てると余計に怪しいわよ」

その隣で、母がコロコロと笑いながら言う。

全くもってその通りだ。

「んん、ゴホンッ」

父が仕切りなおすように、お手本のような咳払いをした。

「……ミシェルが自然体で殿下に接するのを見て思ったのです。殿下とならきっと大丈夫だろう、と」

父が優しい眼差しで私を見つめる。

それを見て、ヴィンセントも私を優しい目で見つめる。

私はなんだか居た堪れなくなって、助けを求めるように母を見る。

母は「よくやったわ」とばかりに右手でグーサインを作っていた。今更だが、そういえば母もなかなか淑女らしくはない。

それからは和《なご》やかに婚約の話が進んだ。

「では、近いうちにレミルトンの国王陛下のもとへ伺《うかが》いましょう」

父がそう締めて、ようやく肩の荷が下りたようにヴィンセントが表情を緩めた。

「もし娘を不幸にするようなことがあれば、国際問題覚悟で闘うのでそのつもりでいてくださいね」

そのタイミングを見計らったかのように父が眼光鋭く脅しのようなことを言って、途端にヴィンセントの背筋がピンと伸びる。

初めて見る威圧感たっぷりの父に驚いて、思わず母を見ると母も厳しい目でヴィンセントを見ていた。二人が娘に甘いところばかり見てきたから、大公家の信頼が篤いと聞いていても半信半疑だったけど、その毅然《きぜん》とした表情を見て、ようやく納得できた気がする。

「必ず幸せにすると誓います」

二人の迫力にも負けず、ヴィンセントは真っ向から視線を受け止めて応えた。

その真剣な表情に、思わず見惚《みと》れてしまう。

あのパーティーの日以来、私の心臓はおかしくなってしまったらしい。

お酒も入っていないのに、ヴィンセントを見るだけで鼓動が速まるのだ。

「うむ、よろしい。それでは私たちは祝宴の準備を指示してくるとしよう」

「ええ、そうね。その間二人はここでゆっくりしててちょうだい」

そう言って父と母が同時に立ち上がる。

まるで元々婚約成立のお祝いの用意をしていたかのような口ぶりだ。

「……もしや初めからお許しくださるつもりでしたか？」

「さあ？　なんのことやら」

ぎこちなく尋ねるヴィンセントに、父と母がしてやったりといった笑顔で答えて応接室を出ていく。

「どうやらご両親の方が上手《うわて》だったようだな」

二人の背中を見送りながら、ヴィンセントが苦笑して言う。

「そうみたいね。私も知らなかったわ」

だって今朝の時点で父は「追い返してやる」と息まいていたのだ。

他国の王子だろうと娘に会わせてなどやらんとか言って、ヴィンセントが来るまで私を部屋に閉じ込めたのは、祝宴の準備をこっそり進めていたからだろう。

どうやら私たちは無駄に緊張させられていたらしい。

思っていたよりあっさり許可してくれたのがありがたい半面、まんまと遊ばれてしまったことが悔しくもあった。

扉が閉まるのと同時に、ちょうど会話が途切れる。

それで気づいてしまった。今この部屋には、私とヴィンセントの二人きりだということに。

「……そういえば」

完全な沈黙が訪れる前に慌てて口を開く。

だってヴィンセントと話すのはパーティーの日以来だ。それに今日は真面目な話し合いだったから、二人ともお酒を飲んでいない。

そんなの、耐えられるわけがなかった。

「そういえば、そう、父との商談はうまくいったの？」

なんとか話題を思いついて聞いてみる。

元々、ヴィンセントは私の父との商談のためにこの屋敷に来ていたのだ。

最初は婚約を機にガルニエ家との商談を進めようとしていたものの、婚約破棄騒動でそちらはご破算となった。けれどこれまで時間をかけてきた分、手ぶらで帰るわけにもいかず、うちの領地の特産品に目を付けて交渉に訪れたのがきっかけらしい。

初めは歓迎ムードで前向きな反応だった父だが、私にプロポーズをした後、正直にそれを伝えると途端に態度が硬化してしまったのだという。商談にかこつけてやってきて娘を誑《たぶら》かしやがってと、憤慨《ふんがい》して暴走に至る様が容易に想像できる。

それから毎日のように通ったが、しばらくは門前払いだったらしい。

けれど何度も通ううちに真剣なのだという誠意が伝わり、徐々に態度を軟化させ、あのパーティーの前日にようやく私に会う許可をくれたのだそうだ。

「おかげさまで、お互いにとっていい条件で折り合いが付きそうだよ」

「そう、良かったわ」

ホッとして嘆息《たんそく》する。

私のせいでヴィンセントの仕事や王宮内での立場に支障を来《きた》したなんてことになったら申し訳な

さすぎる。

「そういえば、ガルニエ家の取り潰しが決まったって聞いたのだけど……」

話の流れで気になっていたことを思い出して口にする。

確かあのパーティーの日、ヴィンセントは「これ以上ミシェルが逆恨みされたら困るし、あまり大袈裟なことにはしない」と言っていたのに。

「まぁ、あの時はなるべく穏便に済ませるつもりだったんだけど」

気まずそうに目を逸らしながら、ヴィンセントが鼻の頭をかく。

「リンダの愚行を焚《た》きつけたのが当主夫妻と大公の弟君だったって証拠が出てしまってね」

ため息を吐いて、疲れた顔でヴィンセントが肩を落とした。

「そうなの⁉」

「会場で一緒だった兄を覚えてる？」

「ええ、なんだかほんわかした方だったわ」

私を連れて会場を出る時に、ヴィンセントが声を掛けた青年。

ヴィンセントに少し似ていて、不思議な雰囲気を纏《まと》っている人だった。

「五番目の兄なんだけど。あの人、優しい顔して結構ヤバくて」

「……ヤバいって、たとえば？」

「人を追い詰めるのが趣味なんだ。ミシェルのとこの大公陛下の弟君みたいな」

「分かりやすいたとえをありがとう」

それを聞いてげんなりしてしまう。あんなにねじ曲がっているサイラスと同じ人種なのだとしたら、確かにかなりヤバい。

「後は任せるって言ったら、あの後リンダとナルシスをこんこんと問い詰めたらしい」

あの場を収めるのを任せたつもりだったのに、とヴィンセントが嘆くように言う。

「それでガルニエ家の関与と、サイラス様の暗躍がバレたわけね」

「そういうこと。サイラス殿も、今までのようにはいかなくなるんじゃないかな」

「ようやく罰が当たるのね」

それを聞いてスッキリした気持ちになる。

サイラスに振り回されて痛い目を見た人間は少なくない。ナルシスのように自業自得な人間ならまだしも、善人だろうと関係なく彼の楽しみのために巻き込まれるのだ。それを見て苦い思いをしているのは私だけではないはずだ。

「まあレミルトンだけでなく、他国の王族も多数出席するパーティーでの騒動だ。当然といえば当然ではあるんだけど」

「そうね。むしろ我が国の浄化に協力してくれて感謝したいくらいだわ」

「とはいえ、兄の制裁を止めなかったのは個人的な恨みもあるけどね」

素直に礼を言うと、バツが悪そうな顔でヴィンセントが苦笑する。

「恨み？　婚約と商談をめちゃくちゃにされたから？」

「それは別に。ただ、ミシェルを叩いたのがどうしても許せなくて」

懺悔《ざんげ》するように言われて、不覚にもときめいてしまう。

正義のためではなく、私への愛の深さゆえと言われたら悪い気はしない。

取り潰しは確かにやりすぎなところもあるかもしれないが、どうせ自業自得だ。ヴィンセントのお兄さんが何かするまでもなく、ガルニエ家は没落へ向かっていた。

「それからナルシス・クレジオのことだけど」

「もしかして平民になったリンダと結婚するとか？」

名前を聞いただけでもうんざりしてしまう。

あの日、ヨリを戻そうとしてたみたいだけどなんだったのか。どうせ私を丸め込めばまた返り咲けるなんて思っていたのだろう。そんなに公爵家跡継ぎの座に未練があるのなら、最初からリンダとの密会なんてしなければ良かったのに。

「そうなったらそれはそれで平和かもしれないけど」

ヴィンセントが苦笑する。

ということは違うらしい。

父はナルシス関連の情報は私の耳に入らないようにシャットアウトしてしまうし、私自身もわざわざ聞き出すほど興味がないので知らない。

サラたちも気を遣ってナルシスのことには触れないでいてくれた。

「じゃあ、国外追放とか？」

「それで済むと思う？」

私の問いに、ヴィンセントがニマッと人の悪い笑みを浮かべる。正直その顔は結構、いやかなり好みだ。思わず胸が高鳴る。

やはり私の頭は少しおかしくなっているらしい。

「あいつがすでにクレジオ公爵家と縁が切れていたのは知ってる？」

「知らなかったわ。というかパーティーで会うまで存在自体忘れてた」

「あははっ」

正直に言えば、ヴィンセントが嬉しそうに声を上げて笑った。

「つまり、ナルシスはもうとっくに平民だったということ？」

「そう。その庶民が大公家主催のパーティーに紛《まぎ》れ込んだんだ。相応の処罰が必要だよね」

確かに。廃嫡済みとはいえ貴族の身分での侵入と、勘当されて貴族でなくなった人間の侵入とでは随分大きな開きがある。

しかも国内だけの催しではなく、諸外国の人間が集まっていたのだ。暗殺の可能性などを考えると、極刑も免れないかもしれない。

マーディエフ大公国に死刑はないから、この場合、一番重くて国外追放のはずだ。

そうなったとしても同情心は一切湧かないけれど、ヴィンセントは違うと言った。だとすると、もっと軽い刑で済んだのだろうか。

「ナルシスはどう見てもリンダより君にご執心のようだったから。用心のためにもミシェルの目に触れないところに行ってもらいたくて」

「私に？　ああ、クレジオ公に取りなして欲しそうだったものね」

パーティーで話しかけられた時のことを思い出して唇が歪《ゆが》む。

自分と同じく廃嫡の危機にあるリンダではなく、私に取り入ろうとした理由はそれだろう。

何が彼女こそ最愛の人、だ。

自分の立場を取り戻すためなら、平気で捨てるくせに。

今まで散々馬鹿にして見下してきた女に媚《こ》びて助けを請《こ》うなんて、まともな人間ならできないはずだ。

「ミシェルって案外鈍いよね……」

「どうしていきなり私が貶《けな》されるのよ!?」

なんだかよく分からないが、ヴィンセントが呆れたような顔をしている。

ナルシスの末路の話をしていたはずのヴィンセントが、なぜか「ナルシスくんも可哀想に」と同情的なセリフを吐く始末だ。

「ま、ミシェルはもう俺のものだから、今更本気になったところでどっちにしろ無駄だけど」

「え!?」

「それもあって別の処遇を考えたんだ」

さらりと重要なことを言われて思わず大きな声を上げてしまうが、ヴィンセントは取り合うつもりはないらしい。

「実はあの後、大公陛下と話をする機会があってさ。国外追放すると、ある意味自由になっちゃうんじゃないかって心配そうに言っておいた。そしたら僻地《へきち》を開拓するために新しく作った村で、人手不足のところがあるらしくって」

これで二度とナルシスに会わずに済むよ、と明るい笑顔でヴィンセントが言う。

レミルトンに嫁ぐのだから、確かにその方が国外追放になるより安全だ。

さすがにそこまでナルシスが追って来るとも思えないけれど。

「ナルシスでも少しは国のために貢献できるってわけね」

国の方針で作られた村なら、衣食住の保証はあるはずだ。何も持たずに国外追放されるよりはマシかもしれない。けれど今まで貴族の義務を放棄して贅沢三昧だったナルシスにとっては、かなり過酷な環境といえるだろう。

馬鹿な男だと思う。

パーティーに侵入なんてしなければ、平民として市街地で平穏に過ごせただろうに。

過酷な未来が確定しても、ナルシスの処遇についてそれ以上の感想は浮かばなかった。

もう本当に未練も情も何ひとつ残っていないのだ。

そんなことよりも、ヴィンセントが一番に私の身の安全を考えてくれていることが嬉しい。

「ちなみに、クレジオ公爵はすでに縁を切っていたからお咎《とが》めなし。兄がチクッと苦言を呈したみたいだけど。あの人ちょっと小姑《こじゅうと》っぽいとこあるから」

「そう。それだけで済んで良かったわ」

それを聞いてホッとする。

ナルシスはともかく、クレジオ公にはこれ以上心労を重ねてほしくない。

ナルシスの愚行は教育の失敗などではなく、間違いなく本人の資質なのだ。それは同じように育てられた優秀な弟が証明している。

「それもあなたが口添えしてくれたの？」

「うん。一応これでも王族なんでね。多少の発言力はあるよ」

「……ありがとう」

感謝で涙ぐんでしまったのが恥ずかしくて、慌てて俯く。

だけどヴィンセントはお見通しだったようだ。優しく見つめられているのを感じて、じわりと頬が熱くなった。

「そういえば、あらかじめミシェルのことを伝えていたこともあって、あのパーティーで兄たちが探りを入れていたらしいんだよね。弟の結婚相手候補がどんな人間かって」

「えっ、そうなの⁉」

「本当にごめん。知らないところでそういうこと聞かれるのって気分悪いよね。一応止めたんだけど、聞いてくれなくて」

申し訳なさそうな顔でヴィンセントが言う。

「それは別に構わないけど……」

ポッと出の小娘が嫁いでくるとなったら当然だと思う。

しかも一度派手に婚約破棄した訳アリ女だ。末王子を誑《たぶら》かした毒婦だと思われても仕方ない。王族に迎えるとなれば、選定の目が厳しくなるのも頷《うなず》ける。

「それで、お兄さんたちはなんて？」

おそるおそる聞いてみる。

ヴィンセントには素の私しか見せていないけれど、家族以外の貴族のほとんどはまだ猫を被った私しか知らないのだ。

「べた褒《ほ》めもべた褒《ほ》めだった。優秀で有能、それに従順で自己主張が少なく、だけど必要な意見はきちんと言う。理想的な貴族の令嬢だって」

私が気にしていないことにホッとしたのか、ヴィンセントがいつもの調子で滑らかに語り出す。

「あらやだ、うふふ。みんな褒《ほ》めすぎよ」

「ホント。隣で聞いてて『誰の事だろう』って笑いそうになったよね」

「どういう意味かしら？」

笑顔で問うと、ヴィンセントが苦笑した。

「それはもちろん、俺だけが本当のミシェルを知ってるんだっていう優越感？」

「全く、調子のいいことばかり言って」

「商売の基本だよ。ミシェルも覚えておいて」

悪びれもせず言われて噴き出す。

しばらくくだらないことを話して、笑い合ううちに、ああやっぱりこの人が大好きだなと心から思えた。

実のところ、今日ヴィンセントと会うことになってからすごく緊張していたのだ。

だって、どう話せばいいのかまるで分からなかったから。

いつもはアルコールの力があったたし、最後に会った時はシラフだったけど、それどころじゃなかった。

だけどヴィンセントとの会話は、酔っていようとシラフだろうと関係なく楽しい。

それが分かって、ようやく肩の力が抜けていく。

「でも、俺だけが知ってるのが嬉しいのは本当。俺だけのミシェルだ」

目を細めてとろけるような笑みで言う。

せっかく妙な緊張が解けてきたところだったのに、そのせいですぐに元通りになってしまった。

そんな顔をされたら、上手く笑い飛ばすこともできない。

「……やっぱりお調子者だわ」

「本心なんだけどな」

ぎこちなく言うと、ヴィンセントが残念そうに苦笑する。

「……ところでちょっと遠くない？」

それから思い出したように今更なことをヴィンセントが言う。

今、私たちは広い応接室でテーブルを挟んで対角線上に座っていた。

普通、結婚の許可を求めに来た男女は隣り合い、対面に両親が並んでいるというのが普通だ。だけど私はヴィンセントの隣に座るというのが恥ずかしすぎて、両親の側に逃げていたのだ。

「そうかしら？」

分かっていて、あえてしらばっくれる。だって、彼の近くで話すのなんて耐えられない。さっきからまともに目も見られないのだから。

「そんなことはないと思うけど」

「へぇ……」

白々しい返事をすると、ヴィンセントが片眉を上げる。

それからしばらく沈黙が続いて、とうとう耐え切れなくなって私から口を開いた。

「ごめんなさい！　私この前から少しおかしくて、なんていうか、あなたとうまく話せないの」

泣きそうになりながら頭を下げる。

本当は私だって前みたいに気兼ねなく喋りたい。お酒を飲んでいる時と同じくらいの距離でヴィンセントと笑い合っていたいのだ。だけど、それが上手くできなくて、もどかしい思いをしている。

でも、もしそれでヴィンセントを傷つけていたとしたら最悪だ。

そろりと顔を上げてヴィンセントを見ると、彼はなんとも形容しがたい複雑な顔で口許を押さえて私から目を逸らしていた。

「いや、正直全然悪くないっていうか……」

ヴィンセントにしては珍しくモゴモゴと言って、それから真っ直ぐに私の目を見て「うん」としっかり頷《うなず》いた。

「むしろこう、乙女って感じのミシェルが新鮮で楽しい」

緩んだ顔で言われて、ぽかんと口が開く。

「なっ、そん、何言ってっ」

次いで顔が真っ赤になるのを見て、ヴィンセントが嬉しそうに笑った。

「さっきから全く目を合わせようとしないところとか、最高に可愛いと思ってるよ」

にこにこ笑いながらそんなことを言う。

恥ずかしすぎて目も見られないことなんて、とっくに気づかれていたらしい。

「ううっ、あなたさっきからなんでそんなに嬉しそうなのよ」

全てお見通しだったことが悔しくて、不貞腐《ふてくさ》れて言う。

ヴィンセントは猫のように目を細めて、ソファの背凭《せもた》れに体重を預けた。

「そりゃだって、君に夢中なのは俺だけだと思っていたから」

さらりと言われてさらに赤面する。

返す言葉が見つからず狼狽《うろた》える私に、ヴィンセントが満足そうに微笑んだ。

「隣に行っていい？」

「ダメよ！」

即座に否定する。

こんな状態で隣に来られたらきっと頭に血が上りすぎて気絶してしまう。

つい先日まで、ガゼボであんな至近距離で飲んでいたのが嘘みたいに恥ずかしかった。

「そうかー、ちょっと傷つくなぁ」

傷ついた様子などちっともなく、涼しい顔でそう言いながらヴィンセントが立ち上がる。

それから私の返事なんて関係なしに、いそいそと私の隣に腰を下ろした。

「……ダメって言ったのに」

「聞くかどうかは別だよね」

歌うように言って、できる限り距離を開けようとするのを阻止するかのように私の手を取る。

びくりと肩が跳ねた。

触れた場所から、じわじわと体温が上がっていく。

「ああ、今すぐにワインが必要だわ……」

「ダメ、もう少し頑張って」

嘆く私を励ますように言って、ヴィンセントが指を絡める。

今すぐにでも逃げ出したかったけれど、おそるおそる指に力を込めて手を握り返した。余裕そうに見えていたヴィンセントも手に汗をかいていることに気づいたから。

しばらく何も言わず、私たちは静かに幸せを噛みしめたのだった。

番外編①　幸福なお茶会

うららかな昼下がりに、若い女性たちの笑い声が響く。

ガゼボを囲む植物は丹念に手入れされ、陽光を透かしてキラキラと輝いていた。

芳《かぐわ》しい紅茶とお菓子の甘い香りが合わさり、私の胸が幸福で満たされていく。

「至福……」

優雅で理想的な光景に、思わず感無量の呟きが漏《も》れた。

「やだ、ミシェルったら。本気で幸せそうなんだけど」

ルーシーが揶揄《からか》うように言う。

「だって、自宅にお友達を招くのって初めてなんだもの。準備を張り切りすぎて、おかげで少し寝不足」

「そんなこと胸を張って言わないでちょうだい」

「可哀想なミシェル。これからは何度だって私たちが遊びに来てあげるからね」

私が言い返すと、ルーシーだけでなくカテリナまで呆れたように笑った。

「ミシェル、いつだって遠慮せずに呼んでくれ」

「ノア、そんな深刻そうに言ったら本当にミシェルが可哀想な感じになってしまうわ」

気の毒そうな顔で言うノアに、サラが苦笑しながらフォローを入れてくれる。

「そうよ、ノアさん。軽い感じで受け流してくれなくちゃ」

やや憤慨《ふんがい》したように言うと、ノアが申し訳なさそうに「すまない」と謝る。やはり深刻になってしまう様を見て、カテリナたちと声を上げて笑った。

「それにしてもミシェルってば、どうしてノアだけいつまでもさん付けなの？」

目元に滲《にじ》んだ涙を拭いながらルーシーが問う。

「それ、私も気になってたわ。ノアの口調のせい？」

「そうなの？　だとしたら誤解よ。お兄様たちの影響なだけで、ノアはとっても優しい子よ」

カテリナが首を傾げ、サラが困ったように言う。

「えっ、ちがっ」

「ミシェルが怖いというのなら、変えられるよう努力するが」

「そうじゃなくて！」

気遣うようにノアに言われ、慌てて首を振る。ノアを怖いと思ったことなんて一度もない。

「違うの！　ただ、ノアさんが素敵だから緊張してしまうだけで！」

顔を真っ赤にして否定すると、みんながきょとんとした後で訳知り顔の笑みを浮かべた。

「……なるほどね。ノアってかっこいいもの」

「私にも緊張してくれていいのよ？」

私の恥ずかしい告白にサラが納得したように頷《うなず》き、ルーシーが意地悪く笑う。

「分かる！　何を隠そう私もノアが初恋なの！」

「子供の頃、私は紛らわしい格好をしていたからね」

キラキラした目でカテリナが両手を組み合わせ、その隣で彼女の幼馴染であるノアが気まずそうにはにかんだ。

「いえ、私は別に恋というわけでは……」

「まあ、ミシェルの初恋はあのナルシスだものねぇ？　そりゃノアが何倍も素敵に見えるでしょうよ」

「あれも恋じゃないわよ！」

慌てて言い訳するのをさらに揶揄《からか》うようにルーシーに言われ、反射的に言い返してしまう。あんなものが恋だなんて、絶対に言ってほしくない。

「ルーシー、ミシェルで遊びすぎよ」

サラに窘《たしな》められ、ルーシーが子供のように首をすくめた。

「ごめんなさい、ミシェルの反応が面白くて」

「悪かったわね、友達だけじゃなく素敵な男性にも縁がなくて」

いじけるように言えば、ルーシーが「ごめんってばぁ」と苦笑しながら私の肩をポンポンと叩いた。

「ミシェルはナルシスに騙《だま》されていただけだものねぇ？」

「あんな男、さっさと忘れてしまえ」

私の過去の汚点を、カテリナとノアが優しくフォローしてくれる。

「……ところで素敵な男性といえば、ねぇ？」

「そうそう、縁がないなんてどの口が言うのかしら？」

機を逃すかとばかりにサラがキラリと目を光らせて、追従するようにルーシーがニヤニヤしながら言う。

「そうよ！　いるじゃないミシェルには」

「私も聞きたいな。レミルトン風の正装姿の彼のことを」

カテリナが頬を薔薇色に染め、ノアが珍しく前のめりになって素敵な笑顔で言った。

「ええと、あれはその……」

とうとう来た、と私は背筋を伸ばし、引き攣《つ》った笑みを浮かべる。

彼女たちがペルグラン公爵家を訪れた一番の目的は、それを聞くためだったに違いない。

そう、今日はのどかなお茶会なんかではない。

大公家のパーティーで一体何が起こったのか。あの後、私がどうなったかの報告会なのだ。

「私、ずっと気になってたんだから！」

「あの場でしつこく問い質さないであげたんだから、今ここで全部吐きなさいよ！」

「カテリナ、ルーシー。無理に聞き出さないという約束よ？」

今にも襟元を掴んで揺さぶってきそうな二人を、サラが宥《なだ》めてくれてホッとする。

「でも、サラも気になるって言ってたじゃない！」

「それは、そうだけど……」

カテリナに指摘され、サラは恥じらうように頬を染めて俯いた。

「みんな顛末《てんまつ》が気になって仕方がないようだ」

それを見てノアがクスクス笑い、「もちろん私も」と付け加えた。

「それについてはその、私からもみんなにきちんと説明しようとは思っていたの」

ワクワクした視線が集まるのを感じながら、照れ混じりに話を切り出す。

「あれはナルシスとの婚約破棄が公《おおやけ》になった後のことよ」

モジモジと両手の指先を遊ばせて言うと、カテリナが「うんうん！」と興奮の入り混じった顔でテーブルに上半身を乗り出した。ルーシーも揶揄《からか》いを引っ込めて、私の話に集中する。サラもノアも真面目な顔で、しっかりと話を聞く姿勢だ。

どうやら恋愛話が好きなのは夢見がちなカテリナだけではなかったらしい。

「――それでまあ、何度か偶然会ってここでお茶をするうちに、少しずつ仲良くなっていったの」

「素敵！」

「素性も知れない相手だったのだろう？　怖くはなかったのかい」

カテリナが頬を紅潮させ、ノアが心配そうに尋ねてくる。もっともな疑問だ。ただでさえ当時の私はナルシスに裏切られたばかりで、男性不信になっていてもおかしくなかったはずなのに。

「それが不思議と怖いと思ったことはなかったのよ。男性に騙《だま》されたばかりだったというのにね」

苦笑しながら答える。

本当に、最初から一度だってヴィンセントを警戒したことはなかった。我ながら無防備にも程がある。

「ふぅん。運命って感じ」

ルーシーが紅茶を飲みながら、しみじみと言う。そこには皮肉や揶揄《やゆ》の色はなく、憧れのような響きを感じた。

「それで、彼は誰だったの？　レミルトンの正装ということは王室関係者ってことよね？」

「……第十五王子、かな」

「王子様⁉　何それ最高じゃない！」

モゴモゴ答えると、カテリナが両手で口許を覆い悲鳴に近い声を上げた。

「玉の輿《こし》？　やるわねミシェル」

「王子？　にしては、やけに鍛えているようだったが……」

ルーシーが感心したように言い、ノアが独特の感性を発揮しつつ首を捻《ひね》る。

「……待って、レミルトン王国の第十五王子……？　それって、もしかして」

サラが眉根を寄せながら考え込み、ハッとした顔になる。

勤勉で国政事情に明るく、社交界の噂にも詳しいサラならすぐに気づくだろうなとは思っていた。

「そう……実はリンダの元婚約者なの」

躊躇《ためら》いながらも頷《うなず》くと、サラ以外の三人が面食らった顔になり、それから示し合わせたかのようなタイミングで「えーっ⁉」と大きな声が上がった。

「ウソ！　リンダの⁉」

「ってことは、浮気された婚約者同士が恋に落ちたってこと？」

「……すごいな、そんな偶然があるのか」

「ああ、だからあの時リンダがあんなに怒っていたのね」

きゃあきゃあと盛り上がる彼女たちを見ながら、すっかり冷めてしまった紅茶に口をつける。そこでようやく自分の喉がカラカラに渇いていたことに気づいた。

リンダへの仕返しに利用されているんじゃないかとか、また騙《だま》されているんじゃないかとか。そんなことを言われたらどうしようと、自分で思っていた以上に緊張していたようだ。

大切な友人たちにヴィンセントを疑うようなことを言われたら、嫌な感情を抱いてしまうかもしれない。それが怖かったのだ。

けれど、ありがたいことに彼女たちは純粋に驚き、私を祝福してくれるばかりだ。

「でも、いいなぁ王子様と婚約だなんて」

「あら、カテリナ。あなたにもチャンスはあるかもよ？　なにせレミルトンにはあと十四人も王子様がいるんだから」

うっとりした口調のカテリナに、ルーシーが笑う。

「確かにそうね！　ねぇ、ミシェル。その人と結婚したらお兄さんたちを紹介してね！」

「呆れた、本気で言ってるの？」

カテリナを揶揄《からか》うつもりで言ったらしいルーシーが盛大に顔を顰《しか》めた。

そのやり取りがおかしくて、みんなで同時に笑い声を上げる。

「……そういえば、リンダたちのその後を知っている？」

ひとしきり笑い合った後、サラがポツリと言った。

会話が一段落したと見て、暖かい紅茶を注ぎ足しに来たメイドが気まずそうな顔でそそくさと去っていく。空気を読んでくれたのだろう。実に優秀だ。

「少しだけ聞いてるわ。ガルニエ公爵家は爵位を剥奪《はくだつ》されるのでしょう？」

お気の毒ね、とカテリナが眉尻を下げて言う。ルーシーなら皮肉たっぷりに言うだろうけど、彼女の言葉に裏表はない。カテリナは高位貴族の没落に本当に心を痛めているのだ。

私もヴィンセントから聞いて知っていたけれど、自業自得だと思ってしまうあたり、やはり根っから淑女には向いていないようだ。

「リンダだけでなく当主夫妻まであの騒ぎに加担していたらしいからな。因果応報だろう」

落ち着いた声でそう言って、ノアが注がれたばかりの紅茶に口をつける。

彼女の家は優秀な騎士を多く輩出しているから、規律を乱すような人間には厳しい。

淑女にはなれなくとも、ノアに軽蔑されるような行為は慎《つつし》もうと改めて思う。こんな冷たい声で断じられたら泣いてしまう。

「リンダといいナルシスといい、同じ学び舎《や》に通っていた人が落ちぶれていくのを見るのはなんとも遣る瀬《やるせ》ないわね」

「明日は我が身とまでは思わないけれど、身が引き締まるわね」

ルーシーとサラが神妙な顔で頷《うなず》き合い、短いため息をこぼした。

全員がそれに続き、その場にしんみりとした空気が流れる。

さっきまであんなに騒がしかったのに、静かな沈黙の時間が訪れた。その絶妙なタイミングで、サクッ、と草を踏む音がして振り返る。

ヴィンセントだった。

「……お邪魔したね？」

「お待ちになって！」

完全にやらかしたという顔のヴィンセントが、即座に回れ右しようとするのを逃すものかとカテリナが立ち上がる。

「行くわよ、ルーシー！」

「まかせなさい！」

「あ、ちょっと！」

すかさずルーシーもそれに続き、私が止める間もなく二人揃ってヴィンセントに駆け寄った。なんて息がぴったりなのだろう。

「ミシェルにご用なのでしょう？　私たちのことはお気になさらず」

「どうぞこちらへいらしてください。ちょうど新しいお茶が入ったばかりなの」

「いや、あのちょっと挨拶に立ち寄っただけなので」

二人に圧《お》されてタジタジになるヴィンセントを見て、サラとノアが「あらあら」とか「おやおや」とか言っているけれど、止める気はないらしい。いい笑顔だ。

腕を引かれ背中を押され、女性相手に強く出ることもできないヴィンセントが苦笑のままガゼボまで強制連行されてきた。

「王子様はミシェルの隣へどうぞ」

「ホラ、そっちに詰めてちょうだい、ミシェル」

ルーシーが端に座る私の肩をドンと容赦なく押して、カテリナがヴィンセントをその隣にムギュッと押し込む。

「扱いが雑過ぎない⁉」

抗議の声を上げても知らん顔だ。彼女たちを淑女の鑑《かがみ》と思っていた自分を罵《ののし》ってやりたい。

テーブルを囲うように三辺あるベンチにはそれぞれ二人ずつ座ることになり、なんだかぎゅうぎゅう詰め状態だ。もはや優雅さのカケラもない。

「ごめんなさい、無理やり……」

肩が触れ合うのが恥ずかしいのと、友人の強引さが申し訳ないのとで、身体を縮こまらせながら言う。

「君の友達って感じ」

けれど、とっくに抵抗を諦めたらしいヴィンセントが、クスクス笑いながらそんなことを言った。

嫌そうではなくてホッとするのと同時に、揶揄《やゆ》を感じて思わず「どういうことよ?」と責める口調になってしまう。

それすらもヴィンセントは気にした様子はなく、サラがそっと差し出した焼き菓子を「これはどうも」と愛想よく受け取った。

「それで、これから始まるのは記者会見かな？」

「まさか。あんな下衆《げす》なものと一緒にしないでくださいます？」

にこやかに言うヴィンセントに、ルーシーがこれまたにこやかに答える。

なんとなく二人の間にパチリと静電気のようなものが発生した気がして、ひやりと背中が冷えた。

たぶんこの二人、あんまり相性良くないわ。

「ミシェルの友人としてお祝いの言葉を、と思いまして」

「ご婚約おめでとうございます。式はどちらで挙げられる予定ですの？」

「私たちも参加させていただけるのだろうか」

そんな私の危惧をよそに、カテリナたちが口々に続ける。いつもならお行儀よく自己紹介や相手のご機嫌伺《うかが》いから始める彼女たちなのに、そんな余裕はないらしい。余程ヴィンセントに興味津々なのだろう。

そこからヴィンセントは質問攻めにされ、女子四人に押され気味になりながらも上手く受け流している。どうやら私が助け舟を出す必要はなさそうだ。

嘘はついていないけれど答えたくない部分は曖昧に誤魔化《ごまか》して、それに気づかせないように切り返すのが上手い。

「まあ、そうなんですの？　では、各国の事情にも精通なさっているのね」

「精通とまではいきませんが。サイデベルク産の絹糸が近隣諸国では最も質が良い一方で原価は意外なほどに安いだとか、ロゼスタンの染料は稀《まれ》に見る鮮やかさだとか、商売に関することはそれなりに詳しいかと」

受け答えにソツはない。当たり障りなく、紳士的でスマートだ。さりげなく女性が興味を持ちそうな話題を振っているのも嫌味がない。

笑顔も相手の警戒心を解くような穏やかかつ人好きのするものだ。

私たちよりも年上だし、ただの貴族の娘より圧倒的に経験が豊富なのだから、当然なのかもしれない。だけど、いつもより大人びて見えるヴィンセントになんだか胸の辺りがモヤモヤした。

なんというか、私との初対面の時はもっと明《あ》け透《す》けでやや失礼ではなかっただろうか。

ジトリとした視線をヴィンセントの横顔へ向けるが、気づいていないのか涼しい笑顔を崩さない。

「じゃあ、そういう目的でこのペルグラン公爵様のお屋敷に足をお運びになったのね」

「そうですね。最初はそうでした」

私がなんとも形容し難い感情に悶々《もんもん》としている間にも、ヴィンセントを中心とした会話は進んでいく。友人たちの表情もいつもより可愛らしく、大人びて見えるのは気のせいだろうか。

「では、やはり運命ですわね。ミシェルとはここでのお茶会をきっかけに親しくなられたとお聞きしましたわ」

「お茶会？」

目を丸くしてやや調子外れな声を上げたヴィンセントに、ギクリと身体が固まる。

彼はゆっくりと視線を私に移し、片眉を上げ「どういうこと？」と表情だけで尋ねてきた。

「んん、コホンッ！　けほっ」

ヴィンセントに目配せしつつ、どうか話を合わせてと咳払いで合図を送る。

サラたちにはだいぶ素を見せられるようになってきたとはいえ、お酒が大好きだということはさすがにまだ打ち明けられていない。だって社交の場では、女性にとってお酒は嗜《たしな》む程度に飲むもので、一度の食事につきグラス一杯で十分という暗黙の了解があるのだ。それ以上飲む人間は一律酔っ払い扱いで煙たがられがちだ。

ヴィンセントは私の下手な咳払いに怪訝な顔をした後、キリッとした表情でしっかりと頷《うなず》いた。よかった、どうやら伝わったらしい。ホッとしながら居住まいを正す。

それからヴィンセントはサラたちに向き直り、口を開いた。

「いえ、ミシェルとはいつもお酒を飲むばかりで」

「どうしてよ⁉」

期待外れの言葉に思わず声を上げてしまう。

私の言いたいことは伝わっていたはずなのに。

「あれ、俺の口から伝えてくれってことじゃなかったの？」

掴み掛からんばかりの勢いの私に、ヴィンセントが爽やかに笑う。

「ちーがーうー！　上手く口裏を合わせてってことよ！」

絶対にわざとだ。分かっていてわざとバラしたんだ。なんてひどい人なんだろう。

涙目で睨みつけてもヴィンセントに堪えた様子はない。それどころか楽しそうだ。

「ああ、ミシェル……友達を騙《だま》すなんてよくないと思うな」

嘆かわしいとばかりに眉尻を下げて言うけれど、面白がっているのは明らかだ。

「騙《だま》すなんて人聞き悪いわね。体裁を取り繕うと言ってちょうだい」

「君ねぇ、もう猫被ったり見栄張ったりはやめるんだろう？」

「それはっ、……そうだけど……」

呆れたようにそう言われて言葉に詰まる。

確かにそのつもりだし、その決意表明はヴィンセントにもしていた。嘘の自分を取り繕ったって悪い結果になるばかり。身をもってそれを知っているから。

「ミシェルってば、お酒が好きなの？」

「……はい」

驚いたように言う友人たちに、観念してがっくりと頷《うなず》く。

浴びるほど飲むと知っても、それで軽蔑するような人たちではない。いや、浴びるほどと言えばさすがに心配くらいはするかもしれないけれど。それでも馬鹿にしたり頭ごなしに否定したりはしないはずだ。

「実はお酒が大好きで……ヴィンセントと初めて会った時も、ここでお酒を飲んでいたの」

「まあ……！」

ぎこちなくも肯定すると、彼女たちは互いに顔を見合わせた。

「……実は私も、なの」

少しの沈黙の後、サラがおずおずと手を挙げた。

「え⁉」

「私も……」

「私もだ」

驚きに目を丸くしている間にも次々と手が挙がっていく。

「へえ、私だけじゃなかったんだ」

面白いと言わんばかりの顔をしたルーシーが最後に「私も～」と、ついでのように手を挙げた。

「そうなの⁉　私てっきりみんな好きじゃないんだと……」

パーティーで同席した時、彼女たちはお酒以外のグラスを手にしていた。たまに主催者の意向で一杯目にシャンパンが用意されていても、すごく時間をかけてその一杯を飲む。だからお酒は付き合いで口にするだけだと思っていたのに。

「だって一気に飲んだらもったいないじゃない」

「一杯飲んだらおかわり欲しくなっちゃうし」

カテリナとルーシーが不満そうに言い合う。

「パーティーの最初に注がれるワインだけじゃ全然足りないわよね？」

「分かる！　あーんな華奢《きゃしゃ》なグラスにちょびっとのお酒なんて、飲んだ気しないもの」

「男性ばかりたくさん飲んでずるいわよねぇ」

「私も兄たちだけがいい酒を飲んでいるのは許し難かったな」

口々に不満をこぼす彼女たちを見て、自然に笑いが込み上げてきた。

なんだ、みんなもそうだったのね。

ホッとするのと同時に、パァッと気持ちが明るくなる。

嬉しくなってヴィンセントの方を見ると、私以上に嬉しそうな笑みを浮かべていた。

慈愛に満ちた優しい目だ。そんな目でずっと私を見守っていたのだろう。

そう気づいてじわりと頬が熱くなった。

「よかったね」

顔を少し近づけ、ヴィンセントが私にだけ聞こえる声で言う。

どうしよう、なんだか泣きそうだ。

「さて、そんな先進的な女性たちのために、特別なお酒をご用意いたしました」

ヴィンセントは張りのある声で商人のような口上を述べて、サラたちの注目を集めた。それから鞄から三本ほどの酒瓶を取り出す。

「ええ！　素敵！」

「それ、お酒なの？　ピンク色なんて初めて見たわ！」

「私たちがいただいてもよろしいのですか？」

「ええ、もちろん。気に入ったものがあれば、後日新しいものをお宅にお届けすることも可能です」

歓声が上がり、テーブルに置かれた酒瓶にあちこちから手が伸びてくる。

「どうする？　飲んじゃう？」

「でも、帰りが……」

「それにお父様たちにバレたら大変よ」

額を突き合わせるようにして深刻な顔で相談を始める。その表情があまりにも真剣で、思わず噴き出してしまう。

「やっぱり君の友達って感じ」

ヴィンセントが揶揄《からか》うように言って肩を竦《すく》める。

その言葉の裏に賞賛のようなものを感じて、私は「最高でしょ？」と笑って返した。

「ねえ、みんな今日はうちに泊まっていくというのはどうかしら？」

「いいの⁉」

「是非！」

私が提案すると、みんなが間髪《かんはつ》を容《い》れずに賛同してくれた。上気した頬で目をキラキラと輝かせていて、私まで嬉しくなってしまう。

「では皆様、ひとまずお茶を片づけてしまいましょうか」

そう言ってティーカップを掲げ持つと、意図に気づいた友人たちが同じようにカップを持ち上げて同時に紅茶を飲み干した。

「変わったグラスがお好きなお嬢様方だ」

笑いながら瓶《びん》を開けて、差し出された空のティーカップにヴィンセントがお酒を注いでいく。

「ふふ、ティーカップでお酒を飲む日がくるなんて！」

はしゃいだ声でサラが言う。

「お酒ってグラス以外で飲んでもいいのね」

「なんだかとってもいけないことをしているみたいで素敵」

「私の父はたまにコーヒーカップで飲んで母に叱られていたな」

彼女たちの会話を聞いたヴィンセントが何か言いたげな視線を私に寄越す。そっと足を踏むと、今度こそヴィンセントは余計なことを言わなかった。

お酒はヴィンセントがセレクトしてくれただけあって、とても美味しくてサラたちにも好評だった。飲むペースはさすがにゆっくりだったけれど、なんだかものすごく楽しくて、歌い出したいくらいの気分だ。

「ヴィンセントは飲まないの？」

「非常に残念なお知らせだけど、俺のグラスがないんだ」

微笑ましそうに見ているだけのヴィンセントに上機嫌で尋ねると、特に残念でもなさそうな顔で彼はそう言った。

「あら、じゃあボトルで飲んでもよろしくてよ」

「まさか、そんなはしたないことはできないさ」

白々しい態度で首を横に振る。また足を踏んでやろうとしたら、サッと避けられてしまった。

「ヴィンセント様、よろしいでしょうか」

そのタイミングで声が掛かる。ペルグラン家の老執事だ。

「はい、なんでしょう」

ヴィンセントが腰を浮かせながら返事をする。さっきまでのイタズラっぽい表情は鳴りを潜めてすっかり紳士然とした顔だ。

「旦那様がお呼びです。お伝えし忘れたことがあるとのことで」

「分かりました。すぐ行きます」

愛想良く言って席を立つ。

「では、私はこれで失礼を。皆様はどうぞごゆっくり」

柔らかな笑みで一礼し、執事に続いて屋敷へ戻っていく。

颯爽とした後ろ姿に、見惚《みと》れるのが悔しくてすぐにサラたちに視線を戻した。

「ねぇ！　なんだかすっごくスマートで素敵な方ね!?　大人！　って感じ！」

「ナルシスも顔だけは良かったけど、それに負けないくらい整ってたわ！」

途端にカテリナとルーシーが興奮したように言って、きゃあきゃあとはしゃぎ出す。

「やはり、やけに体幹がしっかりしていたな……彼は何か武術でも嗜《たしな》んでいるのか？」

「商業ギルドの取りまとめをなさっているんでしょう？　肝が据わっているというか、堂々とした方だったわね」

ノアは騎士のような凛々《りり》しい表情でそう言って、サラも感心したように嘆息《たんそく》した。

みんなそれぞれに違った着眼点でヴィンセントを見ているのが面白い。

「いいなぁ、ミシェル！　彼なら素性不明でも恋に落ちるのは納得だわ！」

「私もあんな人なら縁談を断り続けたりしないのに」

「そうだな、彼なら剣術に取り組む女を馬鹿にしたりしないだろうし」

「そ、そうかしら？　そんなに言うほど？」

社交辞令やお世辞とは思えないほどの熱量に戸惑いつつも、ヴィンセントが褒《ほ》められて悪い気はしない。

「ええ、みんなの言う通りよ。少し話しただけでもヴィンセント様がとても魅力的な方だって伝わってきたわ」

私の言葉を否定と受け取ったのか、サラが力強く言う。

もしかして、ヴィンセントって私が思っている以上にモテるのかしら。

そう考えて、なぜか表情が曇りそうになるのをグッと堪える。

自分の婚約者が人気者なら誇らしく思うべきなのに。

さっき感じたのと似たようなモヤモヤが再び胸に湧き上がる。

「ミシェルが素晴らしい方と出会えて私も嬉しい。あんなに嫌な思いをさせられたんだもの、絶対に幸せになってほしいわ」

頬を上気させて言うサラに、後の三人がコクコクと頷《うなず》く。

「ありがとう、嬉しい」

それに笑顔で応えながらも、モヤモヤは消えてくれそうになかった。

お酒が入ってもサラたちは少し饒舌《じょうぜつ》になるだけで善人に変わりなく、何ひとつ嫌なことは言われていない。それなのになぜだろう。

自分でもよく分からないまま、ティーカップに残っていたお酒を飲み干した。


夕方には酒宴を切り上げ、早めの入浴で酔いを醒まし、二人一部屋ずつ客室へ案内する。

その後の晩餐の席にはなぜかもう帰ったはずのヴィンセントがいて、落ち着きを取り戻していたサラたちのテンションが再び上がって大変だった。

妹も交えて私の部屋でお喋りに興じた後、眠そうな目を擦る彼女たちを客室に送り届けてから談話室へと向かう。

昼間のアルコールのせいで眠気のピークを迎えた彼女たちとは違って、私はなんだか変に目が冴えていた。

「あれ、まだ寝てなかったんだ」

メイドが淹《い》れてくれた温かいミルクティーを飲んでいると、ヴィンセントが姿を現した。

「ヴィンセントこそ。お父様につかまってたの？」

私が言うと、ヴィンセントが苦笑しながらソファの隣に座った。

ヴィンセントは正装ではなく、ゆったりとした室内着に着替えていた。

どうやら晩餐への招待だけでなく、今夜は泊まることになったらしい。たぶん父が一緒にお酒を飲みたがったのだろう。

「今日は楽しかった？」

そばに控えていたメイドにコーヒーを頼んだ後、ゆったり背凭《せもた》れに体重を預けながらヴィンセントがそう聞いてきた。

「ええ、おかげさまでとっても」

広い談話室には他にも父の客人が数人いて、二人きりというわけでもないのに少し緊張しながら頷《うなず》く。

「表に出さないだけで、案外お酒が好きな子って多いのね」

「ミシェルほどの大酒呑みは少ないと思うけど」

私の緊張を見抜いているのか、ヴィンセントがことさら軽い口調で言う。

「そんなことないわ」

照れ隠しにツンと顔を逸らして否定してみるけれど、声に張りはなかった。

「五人もいて瓶《びん》が一本しか空かなかったのに？」

ヴィンセントがにやりと笑って言う。

彼の言う通り、確かに量は控えめだった。みんな美味しそうに飲んではいたけれど、ペースはかなり遅かったように思う。

彼女たちのペースに合わせていたから全然飲み足りていないというのも、きっと見透かされているのだろう。

「よくお分かりですこと」

面白くない気持ちで唇を尖《とが》らせる。

スマートで素敵。堂々としていて恋に落ちるのも当然の素晴らしい男性。

サラたちの言葉を思い出して、余計にムスッとしてしまう。

「ミシェルのことならなんでも分かるさ」

そんな不貞腐《ふてくさ》れた私の様子すらも、楽しくてたまらないとばかりにヴィンセントが笑う。

「俺がいなくなった後、悪口で盛り上がった？」

「いいえ、まさか。すごくスマートでかっこよかったって、みんな褒《ほ》めてた」

反射的に否定する。彼女たちはそんな人間ではないのだ。

「へぇ。俺の知ってる女の子ってのは、人の悪いところを見つけるのが上手い子たちばかりだったけど」

目を丸くして、本気で意外そうにヴィンセントが言う。

一体どんな子たちに囲まれていたのかと気の毒になるが、リンダが婚約者だったことを思えば、これまでの縁談相手も似たり寄ったりだったのかもしれない。

だけどサラたちは女性としてだけでなく、人間としても尊敬できる人たちなのだ。そんなのと一緒にしないでほしい。

「そんな意地悪な子たちじゃないわ」

胸を張ってそう答えると、ヴィンセントが目元を優しく緩めた。

「そっか。本当に君の友達って感じ」

昼間の揶揄《からか》うような調子ではなく、柔らかい声音で言われて嬉しくなる。

嬉しいのに、やっぱり少しモヤモヤしたものが胸に渦巻いた。

「少し話しただけでもいい子たちだと思ったよ。裏がなさそうで、みんな素直だ」

「……そんなに気に入った？」

「そうだね。あんなふうに女性に囲まれて嫌じゃなかったのは初めてだったな。みんな、無遠慮に見えてちゃんと距離を保ってくれたから」

昼間のことを思い出すようにゆっくりと話しながら、ヴィンセントがメイドから淹《い》れたてのコーヒーを受け取って礼を言う。

メイドが一瞬ヴィンセントの笑顔に見惚《みと》れ、頬を赤らめるのを見逃さなかった。

「そう……そうよね。ヴィンセント、楽しそうだったもの」

サラやノアに向けていた彼の笑顔を思い出して、なぜか気持ちが沈んでいく。

どうしてだろう。友達が褒《ほ》められて嬉しいはずなのに、胸のモヤモヤがさらに増したような気がする。

「すごい笑顔だったし」

考えてみると、ヴィンセントが自分以外の令嬢と話しているのを見たのは初めてかもしれない。

初対面で彼に好印象を抱くのは私だけではないのだ。あのメイドだって、今の一瞬できっとヴィンセントを好きになった。だとしたら、あの時あの場所で出会ったのがもし私じゃなかったら。

「サラたちも、ヴィンセントと話すの、すっごく楽しかったって」

もはや誰が聞いても不貞腐《ふてくさ》れていると分かる口調になっていたけれど、止めることはできなかった。

「ねぇ、それってもしかして嫉妬？」

冗談めかしてヴィンセントが笑う。

それでハタと気づく。私は今日ずっと、嫉妬をしていたのだと。

自覚した瞬間、一気に顔に熱が上るのを感じた。

きっと真っ赤な顔をしているのだろう。私の顔を見て、ヴィンセントが驚いたような表情になる。

「わお、本当に？　ミシェルが？　嫉妬？」

「何よ、何か文句でもあるっていうの？」

素《す》っ頓狂《とんきょう》な声で言われ、あまりの恥ずかしさに顔から火を噴きそうになりながらヴィンセントを睨む。

「まさか。嬉しくて倒れそう」

だけどヴィンセントは本当に嬉しそうに破顔して、私のことをぎゅっと抱きしめた。

「ちょっと⁉」

慌てて制止の声を上げるが、ヴィンセントは離そうとしない。

どぎまぎしながら周囲を見回すと、大人たちがサッと目を逸らした。いつの間にか父の客人たちの微笑ましい視線を集めていたことに気づいて、強引にヴィンセントを引き剥がす。

「もう！」

「ごめん、少し酔ってるかも」

酔いなんて微塵《みじん》も感じさせない口調でヴィンセントが謝ってくる。

「別にいいけど……」

ブツブツ文句を言うけれど、恥ずかしいだけで嫌だったわけではない。

少し乱れてしまった髪を撫でつけながら、姿勢を正す。顔が赤いのは、もうどうしようもない。

「あのさ、笑顔なのも楽しそうなのも、ミシェルが隣にいたからなんだけど」

分かってる？　とヴィンセントが呆れたように言う。

「愛想がよかったのはミシェルの友達だからだし、嬉しそうなのはミシェルにいい友達ができたからだし」

ばかだね、と全然馬鹿にしていない柔らかい声で言われてぎゅっと胸が締め付けられる。

「ヴィンセントは嫉妬なんてしなさそうね。大人でスマートで完璧だものね」

だけど、嬉しいのに出てくるのは素直じゃない言葉ばかりだ。

「やっぱり全然分かってない。君のお友達にさえ嫉妬してたのに」

ははは、と乾いた笑いと共にヴィンセントが意外な本心を白状する。

「女の子同士なのに⁉」

驚いてヴィンセントを見ると、さっきとは一変して、むっつりと不機嫌そうな表情になっていた。

「関係ないし。正直ミシェルの笑顔は俺だけのものって思ってる」

「あははっ！　ヴィンセントったらもう！」

誇張ではなく本気で言っている様子だったので、思わず声を上げて笑ってしまう。

大人でスマートだなんて、一体誰のことだろう。

「だいたい、今日だって誰のためにお酒を持ってきたと思ってるの？」

「私のためね」

確信をもってクスクス笑いながら答える。あれは間違いなく私宛のお土産《みやげ》だ。

「そう。二人きりで飲むつもりだったのに」

拗《す》ねたような口調が可愛くて、こんなヴィンセントを知っているのは私だけだと思うとなんだか誇らしささえ湧いてくる。

「タイミングが悪くてごめんなさい。でも、まだ二本も残ってるわ」

「二本『しか』、だろ？」

ヴィンセントがニヤリと笑って言うのにつられて噴き出してしまう。

それから少しの間冗談を言い合って、私たちは各々の部屋へ戻った。

時間にして、カップ一杯分の会話。

たったそれだけなのに、胸のモヤモヤはすっかり晴れていた。

番外編②　世界中のどこを探しても

幼い頃はそれなりに親の愛情に飢えていたと思う。

第十五王子の誕生は、健康で頑強な兄たちばかりの中ではもはや望まれたものとはいえなかった。できたから産んだ。たぶんその程度のものだ。

父にとっては第二十一子、第三夫人の母にとっては第五子。兄も姉も覚えきれないほどにいて、王位継承権などおまけ程度の意味しかない。そのため、目をかける価値もなかったのだろう。

王の子である以上、教育はきちんと施されていた。けれどそれらは全て乳母や執事、成長してからは家庭教師たちの手によるものだ。

親に遊んでもらった記憶もなければ食事も別で、たまに顔を合わせても国王陛下の貴重な時間は上の兄たちとの会話で終わってしまう。

それでも幼い頃は、彼らの注目を集めるべく努力をしてきた。

国の歴史を学び、武術を修《おさ》め、完璧な礼儀作法を身につけた。我ながら健気《けなげ》だったと思うけれどどう足掻《あが》いても、継承順位上位の兄たち以上の関心を得ることはなかった。

ただ、全くの無視というわけでもなく、話しかければ返事くらいはある。何を話しても「そうか」「頑張りなさい」という型通りのものしか返してもらえなかったけれど。いっそ完全に放置であれば、彼らの気を引きたいとも思わなかっただろう。

成果の出ない虚しさに、親への執着は次第に消えていった。

兄たちは優しくて大好きだったけど、皆それぞれに役割があって忙しい。両親よりはマシとはいえ、末王子との遊びに割《さ》く時間は残念ながら滅多になかった。

そんな息子でも、政治的な利用価値はあったらしい。

年頃になると毎月のように縁談が組まれてうんざりだった。由緒正しきどこそこ侯爵のなんとか令嬢はドレスを集めるのが趣味だとか。東に広大な領地を持つ辺境伯の末娘は花を愛《め》でるのが好きだとか。雑多な情報と共に送られてくる姿絵は確かに美しくて目を引くけれど、何人も目にしているうちに誰が誰なのか分からなくなってくる。

社交の場に出てからもそれは変わらなかった。むしろひどくなったと言っていい。一応は王子という立場である俺に、未婚女性たちが群がってきて一生懸命にアピールしてくる。

余裕のある人間なら、ただ単純に可愛いと思えたかもしれない。けれど俺にとってそれは、幼い頃に親の気を引こうと必死だった自分を見ているようで、気持ちのいいものではなかった。一年ほどで我慢は限界を迎え、何かと理由をつけては縁談から逃げ回るようになった。

それを見かねた兄が、国外視察の時に連れ出してくれたのが人生の転機だった。

不安や躊躇《ちゅうちょ》は皆無だった。国を離れることに抵抗はなかったし、むしろワクワクしていた。

初めて乗る船は大きく、豪華だった。王族が乗るのだから当然だ。見るものすべてが新しく、あちこちに入り込んでは船員に船の構造や運航方法を聞くことが楽しかった。操舵方法や星で方角を見るやり方なんて、家庭教師からは習わなかった。

大はしゃぎで新しい知識に触れる俺を見て、視察先に着く前からご苦労なことだと兄は呆れた顔をしていた。

「そんなに張り切っていると、あっちの国に着く前に倒れるぞ」

「でも兄上、ここには知らないことがたくさんあるんです！」

兄の忠告にも耳を貸さずちょろちょろ船上を動き回る末王子を、船員たちが面白がって案内してくれたのをよく覚えている。

「船酔いは大丈夫か？」

陸に降り立つなりフラついた俺に、揶揄《からか》うように兄が問うてくる。

「誰に言ってるんですか、兄上。一度でも俺に勝ってから言ってください」

「ふん、生意気」

剣術の手合わせで最近負けっぱなしの兄が、俺を小突くのを笑って受け止める。

自分の特性を早々に見極め学問に集中してきた兄と違って、親の気を引くために手当たり次第に手を出してきた。武術に関して俺に分があるのは当然と言えるのに、兄は怒りもせず「本当に強くなったよな」と優しく笑うばかりだ。

「ここからは別行動になるが、きちんと護衛の言うことを聞けよ」

「はい、兄上。護衛を撒いて自由行動しないと約束します」

「……ロープで繋いでおいた方が良さそうだな？」

最大限誠実に見えるよう言ったのに、兄は疑わしげな半眼で俺を見た後、護衛の三人に目配せしていた。

もちろん目的国に着いてからが本番だった。見たいもの、聞きたいことは無限に湧いてくる。

兄の視察目的はその国の教育レベルの調査だ。街中を歩き回りたい俺とは、滞在中ずっと別行動となる。それをいいことに俺はあちこちを駆け回り、兄の心配通りお目付け役の護衛たちを疲弊させた。

だって観光用の整えられた場所を案内されるだけじゃもったいない。裏通りや役人の目の届かない場所にこそ発見があるのだから。

行く先々で、見たこともない食材や伝統工芸品の数々に圧倒された。自国とは違う生活様式も目を引いた。国が変われば空気も変わる。海を越えたおかげでその差は顕著だ。そのことを知識としてだけではなく、強く実感した。

特に面白く感じたのは、その国ではありふれた安価なものが、自国では高価なものとして売られていることに気づいてからだ。家庭教師に教えられた需要と供給の関係が、リアルなものとして理解できた瞬間だった。

すぐに現地の商業ギルドに向かい、ただの旅人を装って話を聞いて回った。航海慣れした毛むくじゃらの屈強な男たちと話すのは、城でどんな美女と話すより楽しかった。

最終的には本当に護衛とロープで繋がれそうになったので自粛したが、それ以来すっかり商売の魅力に取り憑かれてしまった。

帰国するなり身分を偽《いつわ》って自国の商業ギルドへの所属を決めた。王子が入り込んだと知られれば、査察や監視目的だと思われて警戒されるだろうから。

お客様扱いもごめんだった。自分の身ひとつで何ができるか。それを試したかったのかもしれない。第十五王子としての公務なんてほとんどなかったし、護衛もロクにつけず商業ギルドに入り浸った。

商売の知識を蓄えるのは楽しかったし、性に合っていた。

おかげでギルドメンバーの覚えはよく、礼儀を知り、読み書き計算も完璧だということで、幹部から重宝されるようになるまで時間は掛からなかった。ギルド長にも気に入られ、あちこちの国に同行させてもらえた。

あっという間にギルド内でのし上がり、俺の生きる場所はここだったのだと確信した。ギルド長は「俺の後を継ぐのはお前だ」と公言して憚《はばか》らなかったし、ほとんどの人間はそれを認めてくれていた。

けれどそれを面白く思わない一部の幹部が俺の素性を調べ、王子だとバレた時の気まずさと言ったらなかった。

結局は商業ギルドと王宮間で便宜を図る橋渡し役という政府側の立場に落ち着いたが、気持ちはいまだにギルド側の人間だ。ギルド長たちもそれを分かってくれているのだろう。ありがたいことに、俺がギルドに一商人として変わらず出入りすることを許してくれた。

ただ、「後継を探し直さなきゃな」とガッカリしていたのが申し訳なかった。

商業ギルドとの調整役に収まったことで、なぜか縁談が増えたのは予想外だった。宙ぶらりんの末王子という肩書きだけの時より、役職がきちんとついたことによって堅実な結婚相手に見えたのかもしれない。

国内の需要を探るため、積極的に社交の場に出るようになったのも災いした。

商品の価格相場を覚えるのは得意だが、令嬢方の名前を覚えるのは苦手だ。詳細な自己紹介をしてもらったって、ドレスとアクセサリーの価格が釣り合ってないなとか、あの髪飾りの繊細な細工はあの国のものだろうかとか、そんなことばかりが気になってしまう。

のらりくらりとデートの誘いを躱《かわ》しても、あの手この手で近づこうと躍起になられるばかりで、辟易《へきえき》していた。領地の情報を聞きたくて近づいた貴族に、領地の案内役と称して娘とのデートをセッティングされた時は、あまりの巧妙さにもはや少し面白くなってしまったくらいだ。

女性たちは俺のことを「地位向上のアイテム」か「金のなる木」くらいに思っていたのだろう。皆一様に王族の暮らしぶりを聞きたがり、国外に買い付けに行く際には自分へのお土産《みやげ》を忘れずにと言外に念押ししてくるのを見ると、それは明らかだ。

会話も、正直なところ同じような内容ばかりで退屈だった。

ファッションや美容の話ばかりなのは、次の商談の参考になるからまだいい。けれど会話を繋ごうとそれに絡めた話題を振っても、あまりいい反応は返ってこない。

そのドレスがどこから流行ったのかとか。その白粉《おしろい》は身体に悪いからやめた方がいいとか。そういう由来やアドバイスは必要としていないのだ。

結局のところ彼女たちは、ただ流行しているものが欲しいだけ。そして、それを持っていることを自慢したいだけ。それらにまつわる知識には興味もないし、むしろ邪魔なだけ。

ファッションに関する話題でさえそうなのだ。もちろん国同士の関係や歴史、仕事の話にはあからさまに退屈そうな顔をする。彼女たちは自分の話を聞いて欲しがるくせに、こちらの話は聞こうとしない。

結婚は王族の義務だからとある程度は頑張ったが、作り笑顔が上手くなるのに反して心は冷え切っていった。

どの女性も似たり寄ったりだった。

こんなことに時間を割《さ》く暇があるなら、国外の地元民に伝統工芸の話を聞きに行く方がずっと有益だ。女性との会話中、そんなことばかりを考えていた。

だから、結婚相手を会ったこともない隣国の公爵令嬢に決めたことに深い理由はなかった。

どうせみんな同じなら、せめて国外の人間であれば少しくらい変わった話を聞けるかもしれない。

その程度のものだ。

つまり、誰でも良かった。

結婚さえしてしまえば、帰国するたび煩《わずら》わしい縁談に振り回されることもなくなる。それに婿入りすれば、王子という立場から解放され、動きやすくなるのではないかという期待もあった。

忙しくて結婚後も寂しい思いをさせるだろうということは最初に伝えた。ありがたいことに、それはすんなりと受け入れられた。婚約者は持参金にしか興味がないようだ。情が薄い方がこちらも後ろめたさを感じずに済む。子供さえ作れば文句も言われないだろう。

これまでの積み重ねのせいで、女性との会話はもはや苦痛にしかならない。そう思っていた。

だからリンダの不祥事を知っても、なんとも思わなかった。

もっと上手くやればいいのに、と呆れはしたが。

ただ、まとまりかけていたガルニエ家との商談がご破算になったことは少し惜しかった。大して魅力のない取引だったから、フイになったこと自体は構わない。両国の繋がりを強固にするための儀礼的なものだったし、初めから利益は度外視していた。

けれど損にだけはならないようとあれこれ悩んだ案件が、徒労に終わったむなしさはあった。マーディエフ大公国との往復費用だけでもそれなりの金額だったから。


せめて少しでも損を取り戻そうと足を運んだペルグラン領で。

自分の運命が大きく変わるなんて、想像もしていなかった。

泣いているミシェルを見て、まず思ったことは「うわ、めんどくさい場面に出くわした」だ。

我ながらひどい。

だけど、だって貴族のお嬢さんだし。泣いてるし。

こっちに気づいてもワインのボトルから手を離さないし。

どう考えても変な人だ。

ただでさえ女性というものへの苦手意識が最高潮に達していたのだ。どうせこの子もきっと、これまでの女性たちやリンダと同じようなものだろう。流行のファッションや美容にしか興味がなくて、そのくせ人のアドバイスには耳を貸さない。

今だって、お酒の味も分からないくせにもったいない飲み方で。それで酔った勢いのままに、男と寝るのだろう。

白けた気持ちでそう考えた後、ふと思い出す。

ペルグラン公爵家の令嬢。ミシェル・ペルグラン。そういえばこの子、リンダのお相手の婚約者だったんだっけ。

令嬢らしからぬ据わった目で酒宴に誘われて、いつもなら当たり障りなく笑顔で断るところを、少し迷う。彼女が荒れている原因の一端が、俺にもあるという可能性はゼロではないのだ。

だって婚約が決まった後、リンダとの信頼関係を築くということをしてこなかった。それを不満に思ったリンダが、今回の不祥事に及んだのかもしれない。そんな繊細な女性だとは思えないが。

それにペルグラン公は商談に乗り気だったから、その娘に気に入られるというのは悪くない手に思えた。ガルニエ領と違って、ペルグラン領には魅力的な商材がたくさんあったから。

可哀想なお嬢さんを慰めて、ペルグラン家との商談を有利なものに導くのも有りか。

そんな打算と下心からの歩み寄りは、ものの数分で見事に覆《くつがえ》された。

まず、貴族令嬢というものはワインボトルから直飲みなんてことは絶対にしない。国が違ってもそれは確かだ。

次に、婚約者に裏切られた女性は、さめざめと泣いて同情を引くよう努めるものだ。

けれど、ミシェル・ペルグランは俺が席について早々に涙を拭い、豪快にワインを飲んだ。そして自身の反省点を冷静に見極めた上で、聞き手が深刻にならずに済むよう、それどころか笑えるくらいに軽妙な語り口で事の顛末《てんまつ》を語った。

なんだこの子、面白いな。

そう思うまであっという間だった。

誘い方こそ強引この上なかったものの、ミシェルは相手を退屈させないように話すのが上手かった。内容は自虐に満ちた悔恨ばかりだったけれど、こちらに気まずい思いをさせることなく、妙に笑いを誘うのだ。たとえ方も上手く、リンダのこともナルシスのこともほぼ知らないのに、二人の様子が目に浮かぶようだった。

おかげで酒が進み、気づけばいつもよりペースが速くなっていた。

彼女はこちらを喜ばせようなんて気は一切なかったと思う。ただヤケになってストレス解消の愚《ぐ》痴《ち》を話せる相手を欲していただけ。

だというのに、うんざりするような時間が一秒たりともないのが不思議だった。

それどころか、気がつけばこちらからもいろんな話をしていた。退屈そうな顔をされるのが嫌で、すっかり控えるようになってしまった自分の話を。

彼女は聞くのも上手かった。小さな会話の糸口を見つけては上手に質問をして、俺の話を興味深げに聞いてくれる。そのせいでついつい喋りすぎてしまう。

ワインはどんどん消費されていく。ボトルが空になるのが惜しかった。こんなに女性との会話を楽しいと思えたことなんてなかったから。

今まで相対したどの女性ともまるで違う彼女に、興味を引かれるのは当然と言えた。

何を聞いても的確な答えが返ってくる。

どんな話も目をキラキラさせて聞いてくれる。

それが男を喜ばせるためのポーズなんかではなく、本心からのものだというのは次に会った時に証明された。酔っていても彼女は前回話した内容を忘れていなかった。それどころか、説明不足だったことを自分なりに調べて、理解しきれなかったことは素直に質問してくる。

プライドの高い貴族が知ったかぶらないだけでも珍しいのに、その質問が的外れということもない。さらには質問への回答に補足を入れる前に「つまりこういうこと？」と正解を言い当てる。

高位貴族らしい高水準の知能を持っているのに、公爵令嬢らしからぬ口調で、明《あ》け透《す》けで遠慮も容赦もないのに、どこか品がある。

それに酒好き。

彼女を好きになるのはすぐだった。

三度目には、ペルグラン家との交渉を有利にするために近づいたことなんてもう忘れていた。ミシェルとの交流がメインになった。ペルグラン領で生産されるどんなものよりも、彼女は魅力的だったから。

なんの根回しもせずプロポーズに至った酔っ払いの自分を殴りたい。自分で思う以上にミシェルとの逢瀬に舞い上がって、浮かれて飲みすぎていたのだ。

だけど絶対に逃したくない。誰にも渡せない。

彼女は生涯で唯一の人だ。

それだけは確かだったから。

◇◇◇

「なぁに、ニヤニヤしちゃって」

探るように問われて、ハッと現実に引き戻される。

隣に視線を向けると、初めて会った時よりもさらに魅力を増したミシェルが、揶揄《からか》いの色を帯びた笑みを浮かべていた。

「うん？　いや、我ながら商才が有り余っているなと」

出会いの記憶に思いを馳《は》せていましたと正直に言うのは照れくさくて、そんなことを言って誤魔《ごま》化《か》す。

「自画自賛？　まあ認めるけど」

甲板の上で潮風を受け、髪を押さえながらミシェルがクスクスと笑う。

愛しさに胸が締め付けられる。細い腰を抱き寄せ、ミシェルのこめかみのあたりに口づけた。

「ひえっ」

一瞬で耳まで赤く染めた彼女が可愛くて、今度は頬に口付ける。

「はぁ……ホント可愛い」

「もう！　揶揄《からか》わないで！」

ミシェルが怒ったように言って、真っ赤な顔で腕の中から抜け出す。

「揶揄《からか》ってないのに」

肩を竦《すく》めながら言うが、ミシェルは赤い顔のまま気まずそうに俺から距離を取った。

恥ずかしいだけで、俺が本心から言っているのは分かっているだろう。

基本的にミシェルは飲んでも性格は変わらないが、アルコールが入っている時の大胆さは鳴りを潜めて、色恋沙汰に不慣れな部分が前面に出る。そのギャップがまた堪らなかった。

「それで、商売の極意は？」

照れ隠しなのか、インタビュアーのようにミシェルが言う。

「機を逃さず、即断即決かな」

澄ました顔で答え、ミシェルの手を取り笑いかける。その手を、ミシェルが恥ずかしそうに目を伏せながらおずおずと握り返してくれる。

ようやく手を繋ぐくらいなら逃げないでくれるようになったのが嬉しい。

「それって手が早いってこと？」

揶揄《やゆ》するようにミシェルが言う。

「心外だな。こんなに慎重なのに」

「会って数回でプロポーズする人が？」

「それだけ必死だったってこと。誰にも取られたくなかったから」

「……っ！」

茶化すつもりが、素直に本音で返されてミシェルが言葉に詰まって狼狽《うろた》える。

落ち着きなくまばたきを繰り返す様に、抱きしめたくなる衝動を抑えて繋いだ手に力を込めた。

どう反応していいのか困って、ミシェルは恥ずかしそうに視線を彷徨《さまよ》わせる。

「……見て！　陸が見えてきたわ！」

その視線の先にミシェルが陸地を見つけ、一瞬で甘い空気を霧散《むさん》させて歓声を上げる。

「ほら早く！　ヴィンセント！」

繋いだままの手を引き、長い髪を風になびかせながらミシェルが船首まで駆けていく。

「危ないから落ち着いて、ミシェル」

柵《さく》から勢いよく身を乗り出すのを見て、ヒヤヒヤしながら窘《たしな》める。

けれど、ミシェルは子供みたいに目を輝かせ「分かったわ！」と身を乗り出したまま頷《うなず》いた。

その横顔が綺麗で、思わず見惚《みと》れてしまう。

本当に、自分の商機を見極める目は確かだ。

ミシェルを手に入れるために奔走した日々を思い出して改めて思う。

誰をどう攻めて、何を使って誰を落とすか。ガルニエ家の領主に、ミシェルの父親に、国の家族に。言葉を尽くし、財力を尽くし、自分の価値を高く見せて。

あの手この手でミシェルを囲い込んで、彼女に気づかれないように自分の隣の座り心地の良さをアピールすることに成功した。

失敗したのは、あの先走ったプロポーズくらいだ。

「すごい……あれがあなたの国なのね」

感動したようにミシェルが呟く。

この船はマーディエフ大公国を出港し、我がレミルトン王国へと向かっている。

婚約の報告のため国に戻るのに、陸路ではなく遠回りでも海路を選んだのは彼女のためだ。ずっと船旅に憧れていたようだったから。

ミシェルを喜ばせるためなら労力を惜しむ気はない。

想像以上の眩しい笑顔で新しい出会いに胸をときめかせるミシェルは、世界で一番綺麗だ。この世で一番の宝物を手に入れられる自分は、やはり商才に恵まれている。

「このまま天気も荒れず、予定通りに着けそうだ」

「私の日頃の行いがいいからね？」

「よく言うよ」

屈託なく言うミシェルに笑う。反面、その通りなんじゃないかとも思う。

ペルグラン家の庭で会う時はいつだって晴天だったし、ミシェルの華やかな容姿には青空がこの上なく似合うから。

「もう迎えの人たちは来ていると思う？」

「たぶんね。港から王宮までは馬車で一時間くらいかな」

「じゃあ、すぐに降りられるよう準備しておかないとね」

「大丈夫？　疲れてない？」

「私は大丈夫だけど、お父様たちはどうかしら……」

心配そうな顔でミシェルが船内に続く扉を振り返る。

彼女のご両親は今、この船の客室で船酔いと戦っている。その上馬車にまで乗るとなったら、ただでは済まないだろう。

ミシェルの希望を優先した結果、彼らには申し訳ないことになってしまった。

だけどたぶん、時間を戻せたとしても同じ選択をしただろう。それくらいミシェルの笑顔は何物にも代え難いものだ。

あのご両親の血を引いているというのに、ミシェルは新しい土地への期待と興奮で船酔いなんて感じている暇はないらしい。

そういうところも愛しいと思う。

「ああ、でも大丈夫かしら。頑張って勉強したつもりだけど、ヴィンセントの国では非常識なことをしてたらすぐに言ってね？」

肉眼で見えるほどにレミルトンへ近づいたせいか、ミシェルが緊張した顔で言う。

「もちろんだとも」

当然とばかりに真面目な顔で頷《うなず》いてみせるが、無礼のない範囲であればうるさく言うつもりはない。あれこれ言って萎縮させたくなかった。ミシェルは自然体が一番だから。

「私たちの結婚を反対されたり、とかは」

不安に表情を曇らせながらミシェルが問う。

「ないよ。素性さえしっかりしていれば問題ないって言ってたし」

安心させるように笑いながら、少し情けない言葉を返す。

将来を嘱望《しょくぼう》される上の兄たちのように、結婚相手にあれこれ注文をつけられない立場はありがたくもあるが、ミシェルには申し訳なく思っていた。

世界一の彼女の結婚相手に、果たして自分は相応《ふさわ》しいのだろうか。

相応《ふさわ》しくなかろうが彼女の隣を他の誰かに明け渡す気はないが、ミシェルが俺を選んだことを後悔するようなことがあってほしくない。

「放任主義？　だったかしら？」

「そう。婚約相手変更の許可をもらうために一旦帰国した時も問題なかったよ」

フライングプロポーズを挽回するためあちこち奔走した中に、もちろん両親へのご機嫌伺《うかが》いも含まれていた。

彼らは義務的に俺の報告と相談を聞いて、ペルグラン公爵家にもミシェルにも特に興味を示さず、話が進んだらまた報告しなさいとだけ言った。

予想通りの反応だったから、ガッカリはしなかった。むしろ無駄に時間をかけずに済んでホッとしたくらいだ。

リンダとの婚約もほぼ自分で決めたし、難色を示されることはなかった。

反故《ほご》になったことを伝えても、お叱りを受けることも呆れられることもなく了承しただけだった。

今回の帰国だって先触れは出してあるし、まず反対されることはないはずだ。

「大らかなのね」

「そう言えば聞こえはいいけどね」

ミシェルにも王宮内での自分の扱いの軽さについてはすでに伝えてある。

そうはいっても、彼女は自分たちの子供に愛情の薄い親という存在を知識としてしか知らない。

「子供の自立心を尊重しているのよ」

気遣わしげな顔でなんとかフォローしようとするミシェルに、肩を竦《すく》めるだけで応える。

親というものは子の結婚に対して責任を負うべきだし、王子というだけでものすごく制約や制限があると思っているようだ。心底子供に興味のない親がいて、他国の娘との婚約話を持ちかけてすぐに許可が出るなんて想像もつかないらしい。

「なんにせよ、話し合いが難航するようなことはないって保証するから安心してよ」

「ならいいんだけど」

軽い調子で請《う》け合うと、ようやくミシェルの表情が緩んだ。

馬車の中では公爵夫妻の体調を気遣うので忙しく、ミシェルも緊張どころではなかったようだ。

その上、王宮に着く時間が予定より少し遅れてしまって、謁見室にはすでに両親が待っていて、気持ちを切り替える余裕もなかった。

だから、実際の顔合わせで一番緊張していたのは俺だっただろう。

終始淡々と、事務的にペルグラン家との婚姻の話を進める両親を見ても、もうなんの感慨もない。

けれどミシェルやペルグラン公爵夫妻は、彼らの俺に対する態度をどう思っただろうか。

家族仲のいい彼らの目には、この関係が歪《いびつ》に映るのではないか。

そのせいで「やっぱりこの婚約はなかったことに」なんて言われたら。

そればかりが気になって、謁見の最中ずっと変な汗をかくはめになった。

「それでは、私たちはこれで……皆さんは是非ゆっくりと我が国の観光を楽しんでくだされ」

国王たる威厳を見せながら、両親が慌ただしく謁見室を出ていく。次の予定が控えているのだろう。忙しい中で時間を割《さ》いてくれたことをありがたく思うべきなのかもしれない。

けれど、仮にも息子が婚約相手を紹介しにきたというのに、最後まで廷臣や他の貴族に対するのと変わらない態度だったのはどうかと思う。

「忙しない顔合わせになってしまい、大変申し訳ありませんでした……」

取り残された部屋の中で、己の不甲斐なさを恥じて頭を下げる。

両親の態度は外交上失礼に当たるというわけではないが、それでもこれから縁戚関係になる人間に対するものとは言えなかった。

「君も苦労しているんだな」

けれどペルグラン公は責めるでもなく、労《いたわ》るように俺の肩をポンと叩いた。

一時はナルシスと同じようにミシェルを弄《もてあそ》ぶ気かと警戒され、頑なに結婚を反対されていた。

けれど俺が本気で彼女を愛していると理解して以来、あっという間に態度が軟化した。それどころかミシェルが俺のことを相当良く言ってくれているのか、むしろかなり好意的でいてくれる。

今も心から同情してくれているらしく、俺に向ける眼差しは暖かいものだった。

「お忙しい方たちだもの。仕方ないわ」

公爵夫人も、気分を害した様子もなく優しく微笑んでくれる。

実の両親より余程親しみを向けてくれるこの人たちが、ガッカリしているわけではないと知って心からホッとする。

ミシェルだけじゃない。俺がマーディエフ大公国で手に入れたのは、奇跡のような物ばかりだ。

「……ありがとうございます」

胸に込み上げるものをグッと堪えながら、先ほどとは違う意味を込めて頭を下げる。

「せめてもう少し、腹を割って話せたらよかったんですけど」

「なんだ、そんなことか。下手に反対されるよりよっぽどいい」

苦笑しながら言う俺を、ペルグラン公が快活に笑い飛ばしてくれる。

その表情には一切の翳《かげ》りがなくて、本心からの言葉なのだろうと安堵する。

「なあ、ミシェル。おまえもそう思うだろう？」

ペルグラン公がミシェルに水を向ける。

ドキリと心臓が嫌な音を立てた。

一番怖いのはミシェルの反応だ。

謁見室に入ってからの彼女は、まるで借りてきた猫のように大人しい。今もまだ、両親が出て行ってから一言も発していなかった。

彼女は何を思っただろう。

俺の扱いの軽さに、『王子様との結婚』という言葉から想像できるものとはかけ離れていて、ガッカリしたのではないか。

恐る恐るミシェルの様子を窺い見ると、彼女は少し怒った顔をしていてドキリとする。

「ミシェル……？」

「……ああ、緊張した！　ホント、すぐに済んで良かったわ」

ハァーッと大きく息を吐き出し、強張った表情を緩めてミシェルが言う。それからソファの肘掛けに倒れ込むように脱力した。どうやら怒っていたわけではなく、ただ気が張っていただけらしい。

そう気づいてこっそりため息を吐く。

「こんな大きな国の王様と直接話す機会がくるなんて、思ってもみなかったから。肩こっちゃったわ」

「……王子の妻として丁重に扱われなかった不満は？」

そのいつも通りの口調に励まされ、こちらもいつも通りの軽口に見せかけて彼女の本心を探る。

「まさか。王子妃になるのだから国の顔になるようしっかりね、とか言われなくて良かった」

片眉を上げ、冗談混じりにミシェルが笑う。

「でも、あなたの言っていた通り、なんて言うか……」

それから表情を曇らせて、言いづらそうに口をモゴモゴさせた。

「関心がない？」

「そう、それ。それはすごく嫌だったかな」

本気で嫌そうに顔を顰《しか》めながら、ミシェルが身体を起こす。

「ヴィンセントのこと、全然分かってないのね。あの方たち」

「しょうがないよ。末席もいいところだ。後継者じゃないんだから、目が行き届かなくても無理はないさ」

笑いながら言う。強がっているわけではない。

それどころかとっくに諦めていることに、ミシェルが怒ってくれているらしいことが嬉しかった。

「でもあなたって、かなり王様の才能あると思うんだけど」

「……どこを見てそう思ったの？」

予想外なことを言われ、思わず眉を顰《ひそ》める。

貴族令嬢として、人前で婚約者を立てるというのは常識だ。それはどこの国でも共通しているし、ミシェルもそのように教育を受けているはずだ。だけど、今この場に他人の目はない。そんな状況で、心にもない社交辞令を言う人間だっただろうか。

「だって物事の価値を見極める目を持っているでしょう？　それから有能な人材を見つける目も」

真意を読めず戸惑う俺をよそに、ミシェルが真面目な顔で言う。

「うむ、確かに」

「それはそうね」

面食らって何も返せずにいると、ペルグラン公と夫人が納得したように頷《うなず》いた。

「それに人心を惹きつける話術にも長けてるし、信頼を得るための爽やかな笑顔も備えてる。たまにちょっと胡散臭《うさんくさ》いけど」

ミシェルが指を折りながら、次々に俺の長所を挙げていく。

余計な一言もあったけど、ミシェルがそんなふうに思ってくれていたのかと思うと、じわじわと胸が温かいもので満たされた。

「ヴィンセントはそういうのを全部商才って言うけど、それってかなり王様向きじゃない？」

なんの衒《てら》いもなく言われて、言葉に詰まる。

「言われてみればそうね」

「なるほど、ヴィンセント君に国を任せたらますます発展しそうだな」

ミシェルの言葉に同意しながらペルグラン夫妻が笑い合う。

「そんな……俺にはもったいないお言葉です」

謙遜しながらも、頬が熱くなる。

王様になりたいなんて思ったことは一度もないけれど、彼らに認められているという事実が嬉しくてたまらなかった。

「俺が王様になったら、君は王妃様だね。なりたい？」

目に涙が滲《にじ》みそうになって、それが照れくさくて茶化すように言う。

笑ってくれると思ったのに、ミシェルは美人にあるまじき珍妙な顔になった。

「嫌、無理。王様になりたいならこの結婚考え直してちょうだい」

キッパリとそう言って、今挙げた長所を取り消すとでも言うように、折った指を戻してフルフルと手を振る。

「そうじゃなくて、ヴィンセントのそういう部分に気づかなかったなら王様も見る目ないわねって思ったの」

「すごいこと言うね、君」

苦笑しながら返す。

不敬もいいところだ。もし誰かが聞いていたら、睨まれるくらいでは済まないかもしれない。だけどそれがすごくミシェルらしくて、嬉しくなってしまった。

「あっ、ごめんなさい……人の親にこんなこと言うのは失礼ね」

「人の親である前に一国の王なんだけどね……」

どこまでもズレたことを言うミシェルに、呆れて半笑いになる。

ミシェルの国はうちとは違って、絶対的権力を持つ国王のいる君主制ではない。大公家はあくまで国の代表、取りまとめ役という立場であるらしく、大公家と公爵家の距離が近いのだと言っていた。

だから不敬罪というものに実感が湧かないのだろう。その分、国王に阿《おもね》る気持ちもないのかもしれない。

「本当に権力とか財産とか興味ないんだね」

「私がお金目当てに見える？」

「少なくともお酒には目がない」

その言葉にペルグラン夫妻が小さく噴き出し、ミシェルがグッと言葉に詰まる。

そこで詰まるのってどうなんだ。

「ああ、やっぱりそういうことか……王子の妻なら酒には困らないもんね」

ふざけて責めるように言うと、ミシェルがキッと目つきを鋭くさせた。

「あなたが王子様になる前から好きだったわ！」

堂々と言い切られて思わず顔が赤くなる。

当の本人は反論に夢中で、さらりと恥ずかしいことを言ったのに気づいていないらしい。

「いや、生まれた時から王子だけど」

照れを誤魔化《ごまか》すように言い返すと、ミシェルが唇を尖《とが》らせてむくれた。

「商人だって騙《だま》したくせに」

「騙《だま》してないってば……もしかしてまだ根に持ってる？」

「当然よ。死ぬ瞬間まで言い続けるわ」

不意の宣言に、思わず顔が緩む。

「へえ。死ぬ瞬間まで一緒にいてくれるんだ」

ご両親の前で抱きしめたくなるのを堪えて、目を細めて茶化す。

もちろんミシェルは意図して言ったわけではないだろう。だけど勝手に嬉しくなるのは許して欲しい。

「……当たり前じゃない。途中で返品なんて絶対ダメだから」

自分で言ったことの意味に気づいて恥ずかしくなったのか、ミシェルが赤い顔をしている。だけど言い訳をするのではなく、素直に認めてそう言ってくれるのが嬉しかった。

「はあ……俺、ミシェルと引き換えになら国を滅ぼしてもいいかもしれない」

王子という立場でそんなことを言うのは全くシャレにならないのだけど。今は本当にそんな気分だった。

「ダメよ。国が滅びたら美味しいお酒が飲めなくなっちゃう」

やはりどこかズレたことを言って、ミシェルが俺を止める。

「ぷはっ、それもそうだね。じゃあぶどう農家とワイン工房だけは残しておこう」

真顔で言うのが面白くて、笑いが込み上げた。

「おいしいチーズも必要だわ」

「チョコも外せないね」

そうやって酒宴に必要なものを挙げていって結局、国は滅ぼさないでおこうという結論に辿《たど》り着く。こんなくだらない話を、この先もミシェルと続けていけるのだと思うと自然と頬が緩んだ。

「こらこら、おまえたち。物騒な話をするんじゃないよ」

「もし実行する時は私たちの邸も残してちょうだいね」

呆れた苦笑で窘《たしな》めるペルグラン公に、夫人が軽やかな笑い声を上げた。

「ちょっ、ちがっ……そんなことしないわよね⁉　ヴィンセント！」

ミシェルが焦ったように言い訳をしながらこちらに助けを求める視線を向けた。その表情が微笑ましくて、思わず声を上げて笑ってしまう。

うん、俺はこの家族を大切にしよう。

気負うことなく、そう思えた。

◇◇◇

ペルグラン公爵夫妻は領地を長く空けておくことはできず、三日後にはミシェルを置いて戻っていった。

ペルグラン公に「くれぐれも娘をよろしく頼む」と真に迫る表情で言われては、誠意をもって頷《うなず》くしかない。

王宮の俺の私室に一番近い客室で家族水入らずで過ごした後、そのままミシェルにはその部屋に滞在してもらうことになる。

期間は約一ヶ月。婚約者との絆《きずな》を深めるため、そしてレミルトンの文化や風習に慣れるためと銘打った観光旅行の始まりだ。

「さて、じゃあ今日はどこでデートしようか」

「デッ」

王宮内にいくつもあるティールームのひとつでお茶をしながらウキウキと言うと、ミシェルが顔を真っ赤にして固まった。その様子を至福の笑みで見つめる。

考えてみれば、ミシェルと二人きりで話すのは久しぶりだ。

正式にプロポーズをして公爵夫妻に認められてから、レミルトンに来るための準備や婚約のための根回しでお互いに忙しくて、顔を合わせる時も必ず誰かが一緒にいた。

今も使用人が部屋の隅に待機しているから、厳密には二人きりとは言えない。けれど二人の会話に割って入る人物はいない。

「まずはどこに行きたい？　確か行きたい場所をリストアップしたって言ってたよね。紙に書いたの？」

「え、ええ。これなんだけど」

デートという言葉に対する反論はひとまず保留にしたのか、赤い顔のままミシェルがポケットから紙を取り出した。

「まずはそうね、可能であればここと……」

テーブルに紙を広げながらミシェルが言う。

「どれ？」

紙面が見やすいように椅子ごとミシェルの隣に移動すると、ミシェルがわずかに身体を引いた。

「どうして避けるんだよ」

「ど、どうしてこっちに来るのよ」

ムッとして言うと、ミシェルが焦ったように目を泳がせる。

「こっちの方が紙を見やすいだろ」

「そっ、そうね、ごめんなさい」

「ってのは口実でミシェルの近くに行きたかっただけ」

「なっ……！」

サラリと本心を告げると、ミシェルが赤くなって言葉に詰まった。

「……近くに来てほしくない？」

「そんなわけないでしょう！」

わざと悲しげに見える表情を作ると、ミシェルが慌てて否定してくれる。そう言ってくれるだろうことは分かっていたけど、苦笑してしまう。

長年かけて親の気さえも引けなかった俺が、彼女の心を引き留めることはできるのか。

そんな不安がいつも頭の片隅にある。

二人きりでゆっくりと話す機会もなく、シラフだといまだにどこかぎこちなさが残る関係であるものの、ミシェルの気持ちは分かっているつもりだ。先日のペルグラン公爵夫妻の前でのやり取りのように、ふとした瞬間に出る彼女の本心からの言葉がたまらなく嬉しい。今だって、俺の隣で真っ赤になって俯いている姿がただただ愛しい。

それでも、一抹の不安があった。二人で会っていた時は酔っぱらっていたから分からなかったけど、本当のあなたを知って冷静になった。あの時は正気じゃなかった。いつか、ミシェルにそんなことを言われる日が来るんじゃないかと。

二人きりで会う時間が取れないほど婚約を急いだのは、こうした臆病な気持ちのせいもある。

――ミシェルはまだ俺を好きでいてくれてる？

そんな格好悪い問いを、すんでのところで飲み込んでいるなんて彼女に知られたくない。

「それでミシェルはどこに行きたいの？」

テーブルの上に置かれたミシェルの手に、そっと自分の手を重ねる。

拒絶はなく、ミシェルは赤くなるばかりだ。そのことにホッとしながら、ミシェルが作成したリストを覗き込む。

「サンクレスト教会？　ここでいいの？」

リストの一番上を読み上げて首を傾げる。

王宮の敷地内にあるサンクレスト教会は確かに凝《こ》った造りで見応えはあるが、もっと有名な大聖堂もあるのだ。

「……教会もだけど。今日は王宮の見学をしてみたいの」

「ここ？」

目を瞬《またた》かせて問い返す。

「うん。ダメかしら」

「もちろんいいけど」

戸惑いながらも頷《うなず》く。ミシェルの望みならなんだって叶えてあげたいと思っている。

だけどミシェルのことだから、本で読んだり俺から聞いたりして興味津々だったアンバーポールという、この国最大の貿易港を挙げると思っていたのだ。

昨日上陸した船着き場は客船用だから、市場は経由しないのだと説明した時のガッカリした顔は記憶に新しい。

「ただ、真っ先に港に行きたがると思ってたから」

「おかしい？」

ミシェルが眉尻を下げて、困ったように聞いてくる。

「おかしいってことはないよ。じゃあ案内係を呼ぼうか」

他国の外交官や文化研究者が王宮に滞在することはよくある。そういった人たちに王宮内の見せられる範囲を案内する専門の職員がいる。彼らなら異文化に触れたいというミシェルの要望に完璧に応えることができるはずだ。

「ううん、そういうのじゃなくて」

なぜか少し言いづらそうにまぶたを伏せて、ミシェルが口籠《くちごも》る。

「その、ヴィンセントはここで育ったのでしょう？」

「うん、まあそうだね」

ミシェルが恥じらっていることに首を傾げながら頷《うなず》く。

「だからその、知りたいと思って」

ミシェルが照れながらポツポツと続ける。

建物の様式や歴史ではなく、俺が育った場所のことを知りたいのだと。

好きな場所や思い出の風景。今まで俺が何気なく語ってきたことを、自分の目で確かめたいのだと、たどたどしい口調で説明してくれた。

「抱きしめたい」

「え？」

「どうしよう、今すごくミシェルを抱きしめたい。抱きしめていい？」

「え⁉ ちょっと待って……！」

慌てふためくミシェルの返事を待ちきれず、ごめんと言いながら一方的な宣言通りに抱きしめる。力一杯抱きしめたいのを堪えて優しく触れることができたのは、なけなしの理性を振り絞ったからだ。

ミシェルが身体を固くして沈黙する。どうしていいか分からないらしい。

そっと横を向くと、すぐそこにミシェルの真っ赤な耳が見えた。

「……ダメだった？」

「抱きしめてから聞くなんてずるいわ……」

ミシェルが、怒ったようないじけたような口調で呟く。

それからおずおずと俺の背に手を回してきた。

愛情を返される喜びで震えそうになりながら、ミシェルを抱きしめる腕に力を込める。こんな振る舞いが許される仲なのだと思うと、感無量だった。

「……お取り込み中大変失礼いたします」

「きゃあっ！」

「おわっ、あぶな！」

至福の時を味わっているところに第三者の声が割り込み、動揺したミシェルに突き飛ばされる。危うく椅子から転げ落ちそうになりながら声の主を確認すると、部屋の隅に控えていた使用人だった。

「メイドが紅茶の替えを持って参りました」

通していいか許可を取りたかったのだろう。その使用人の表情は、非常に申し訳なさそうなものだった。

「……通せ」

ミシェルに夢中でノックの音には気づかなかった。

気恥ずかしさを誤魔化《ごまか》すように、冷静を装って答える。

「かしこまりました」

深々と頭を下げた使用人が、そそくさと扉を開けに行く。

「ばか！　もう！　信じられない！」

ミシェルが小さな声で文句を言う。けれど耳まで真っ赤に染まった状態では、何を言われてもただ可愛いだけだ。

彼女がどうかは分からないが、少なくとも自分は酒が抜けても恋心は冷めなかった。

正気に戻るどころか、むしろのぼせ上る一方だ。


「人前であんなことするなんて！」

「ごめんってば」

可愛くむくれて文句を言うミシェルに苦笑しながら、並んで王宮内を散策する。

もちろん立ち入りを禁じられていない場所に限定されるが、それでも一日で回りきるのは不可能なくらいに広い。

「でも、ミシェルだって最初は嫌がってなかったじゃないか」

使用人が部屋の中にいたのは最初からだ。晴れて婚約者となったとはいえ、未婚の男女を密室で二人きりにするわけにはいかないから。

今だって、後方には護衛が一人ついている。ミシェルが気になった部屋の中を見たいと言った時は、彼がドアを開けて押さえたまま待機する手筈となっている。

「それはだって、いきなりだったから……」

ミシェルが足を止め、ごにょごにょと言い訳を始める。

要はただ恥ずかしかっただけで、嫌だというわけではないらしい。

「じゃあ次は人目のないところでするね」

嬉しくなって耳元に口を寄せて囁きかけると、ミシェルがびくりと肩を跳ねさせた。

「……調子に乗りすぎよ」

眉を吊り上げて、涙目のミシェルが言う。これはたぶん本気で怒っているな。

気づいて「すみませんでした」と素直に謝る。どうやら自覚している以上に浮かれているらしい。反省してミシェルから少し距離を取る。

近すぎるとどうしても触れたくなる。それで嫌われたら元も子もない。

努めて落ち着きを取り戻し、自分と関わりの深いところを中心にミシェルを案内していく。

小さい頃に好きだった場所、剣術を学んだ修練所、各国の知識を得るために通った図書館。

どこを案内してもミシェルは興味深げに観察し、そこでの思い出話を聞きたがった。

「この部屋にはどういう思い出が？」

来賓用に整えられている部屋とは違って物が雑然と並んだ部屋だ。とはいえ、物置とはいえない程度には生活感がある。

「雑談用の部屋って感じかな。家庭教師から逃げてきた兄たちがよくこの部屋に隠れてたんだ。第一発見者はいつも俺」

十四人の兄たちの中には、勉強嫌いも数人いる。死角の多いこの部屋へ逃げ込んできた彼らを探すのは、かくれんぼをしているみたいで楽しかった。

「お兄さんを売った裏切り者ってわけね？」

「正義の遂行者と呼んでほしいね」

クスクス笑うミシェルに、ふふんと得意げな顔で返す。

歩き回るうちに緊張がほぐれたのか、ミシェルもいつもの調子に戻ってきたようだ。飲んでいる時と変わらず、打てば響くような反応を返してくれるのが楽しい。

照れて恥じらう姿もギャップがあって魅力的だけど、一番最初に好きになったのはこのミシェルだ。なんでも楽しそうに笑う彼女と過ごす時間が愛しくて仕方ないのだと、改めて思う。

「次は庭園の散策なんてどう？」

王宮内にまだ案内できる場所はあったけれど、今日は天気がいい。せっかくだから、よく手入れされた庭も見てほしかった。

温暖なこの国では、種々の花が一年中咲き誇っている。花を見るだけでなく、ミシェルなら庭師に話を聞くのも好きそうだ。

「いいの？　是非見てみたいわ」

期待通り、ミシェルはきらめく瞳で嬉しそうに笑った。


庭園に続く扉を開けると、一面に咲き誇る色とりどりの花が目に飛び込んできた。

「素敵！　こっちの花はすごくカラフルなのね！」

ミシェルが歓声をあげる。

レミルトンはマーディエフ大公国より一年を通して気温が高く、咲く花の種類も異なる。比較的落ち着いた色合いの花が多いマーディエフに比べ、この庭園では原色の花が目立っていた。

「早く行きましょう、ヴィンセント！」

「ちょっと待った」

今にも駆け出しそうなミシェルを慌てて止める。

多数の庭師が整備する王宮の庭園に危険はないが、石畳の通路にヒールのある靴では不安定だ。

「お手をどうぞ、お嬢さん」

澄ました顔で言って、左腕を差し出す。

ミシェルがハッとした顔でその腕を見た後、怪しむような目をこちらに向けた。

「あなたにエスコートされるのって変な感じ」

それがただの照れ隠しであることは明白で、目元がうっすらとピンク色に染まっていた。

それにつられて、思わずこちらまで照れてしまう。

躊躇《ため》いがちに腕に添えられる華奢《きゃしゃ》な手。それに細い首筋。

王宮の影を抜け、太陽の下で改めて見てグッとくる。

お酒を飲んでいる豪快なところばかり見てきたから、今更ながら守りたいと強く思った。

「いつもこうしたいって思ってたけど、ミシェルが酒瓶から手を離さないから」

それでも、それを素直に伝えるのが照れ臭くて冗談で誤魔化《ごまか》す。

ミシェルが「もう！」と言いながらべちんと俺の二の腕を叩いた。

「ごめん、シラフでいるとなんか」

今のは確かに我ながらないなと思って素直に謝る。

「分かるわ」

ミシェルが真顔で頷《うなず》く。どうやら強い同意を得られたらしい。

「私たち、まるで初対面のお見合いみたいね」

クスクスと笑うミシェルが眩しくて目を細める。

「こんなに楽しいお見合いは初めてだけど」

会話が楽しいからすぐに気にならなくなるが、ふとした瞬間お互いつい照れてしまうことがある。酒の席でばかり会っていた弊害だ。

でも、それが気まずいというわけではないのがいい。

今まで女性を相手にする時は、場を繋ぐためだけの退屈な会話に終始していた。相手を楽しませなくてはという義務感ばかりで、自分が楽しむなんて以《もっ》ての外だった。

けれどミシェルとだと、どんな話をしていても胸が沸き立つような喜びがある。メイクの流行だろうと、政治の話だろうとだ。

時折沈黙することがあっても、そこに流れる空気はいつだってキラキラと楽しげだった。

今だってそうだ。自分にとってなんら目新しさのない庭園でも、ミシェルが隣で楽しそうにしているだけで、まるで新天地のように感じられる。

「ねぇ、あの花は何？」

歩きながら、あちこちの花をミシェルが興味深げに聞いてくる。

答えられないものもあったが、それで不満そうな顔をするでもなく、「あなたでも知らないことがあるのね」とむしろ嬉しそうだ。

「じゃあ、あれは？」

植え込みや花壇の花ではなく、少し高い木に咲く白い花を指してミシェルが言う。

見上げて陽光の眩しさに目を細める。その花の名は知っていた。

「プリーディアだね。暖かい地域にしか咲かないんだ」

「へぇ……可愛い花ね」

小さな花が密集して咲く様は、それ自体がひとつの大きな花のようだ。

プリーディアはレミルトンではあちこちで見かけるありふれた木のひとつだ。自分にとっては見慣れた花でも、知らないことをまたひとつ知ったミシェルは嬉しそうで、俺まで嬉しくなってくる。

「ちょっと待ってて」

そう言いおいて、スルスルと木に登る。

「ヴィンセント⁉」

ミシェルが慌てたような声で心配そうに俺の名前を呼ぶのがおかしかった。

一番綺麗な花房を摘んで、間髪《かんはつ》を容《い》れず飛び降りる。

「危ない！」

着地と同時にミシェルが小さく叫んで、両目を手で覆う。

その彼女の耳のあたりに、摘んだばかりのプリーディアの花を挿し込んだ。

「顔を見せて」

そう言って、強張ったミシェルの手を優しく剥がす。

予想通り、白い花がミシェルによく似合っていた。

「うん、可愛い」

「ありがとう……」

思わず漏《も》れてしまった感想に、ミシェルが赤くなりながらモゴモゴと礼を言う。その反応に満足して、掴んだままの手を一旦離して手を繋いだ。

ミシェルは一瞬恥ずかしそうに眉尻を下げたが、その手をほどいたりはしなかった。

さっきみたいな紳士的なエスコートもできるけど、もうそういう気取ったやりとりじゃ物足りなかった。

「……驚いたわ。あなたってすごく身軽なのね」

「これでも王族だから。自分の身を護るために武芸は一通り身につけてるよ」

「ああいうことができるなら先に言っておいてくれる？　心臓が止まるかと思ったじゃない」

「ごめんごめん。説明するよりやって見せた方が早いと思って」

「全然反省してないわね？」

ひとしきり文句を言われながら散策を続ける。

その間もずっと楽しくて、この時間が永遠に続けばいいと思った。

「ありがとう、ヴィンセント。今日はとても楽しかった」

あちこち歩き回った後、晩餐前の休憩でミシェルがはにかみながら言う。

髪から外した花は、使用人に頼んで水につけて部屋に飾ることにしたらしい。少しでも長く楽しみたいのだそうだ。何気なく渡した物を大切にしてくれるのが嬉しくて、またひとつミシェルの好きなところが増えていく。

「喜んでもらえてよかった。明日はどうする？」

王宮内でまだ回りきれていないところもあったけれど、ミシェルが帰るまでまだ一ヶ月もある。のんびりでいいだろう。

「明日はアンバーポールに行ってみたいわ」

「いいよ。ちょうど明日は盛大な市が開かれる日だ。タイミングいいね」

「うふふ、実は調べて知っていたの」

イタズラっ子みたいな笑みでミシェルが言う。

「なるほど、今日行きたいと言わなかったのはそのせいか」

納得して笑ってしまう。

アンバーポールの大市は二月《ふたつき》に一度の大市場だ。あちこちの国に出ていた貿易船の多くがその日に合わせて戻ってくるから、ちょっとしたお祭りみたいになる。

「いろんな品物が並ぶよ。もちろんお酒も」

ミシェルの目が輝く。

「楽しみね！」

この国に来て一番の笑顔を見せたミシェルに、思わず噴き出してしまった。

◇◇◇

翌朝の朝食後、身支度を終え、ミシェルと待ち合わせしている来客用の談話室に入る。

「おはよう、ミシェル。昨日はよく眠れた？」

声を掛けると、窓の外を見ていたらしいミシェルがこちらを振り返った。

動きやすい格好でと伝えていた通り、あまり裾の広がらないスカートにヒールの低いブーツ姿だ。

見慣れない雰囲気だが、そういう格好もよく似合っている。

「おはよう……なんだかいつもと違うわ……」

「変？」

戸惑ったようにミシェルに言われて、自分の姿を再確認する。

こちらも動きやすい格好だ。しかも身分が割れないように質素にしている。

今日の大市では、各国から様々な人種が集まる。そんな中でジャラジャラ飾り立てていたら、邪魔になるし悪目立ちしてしまう。

「どちらかというとこっちが標準なんだけど」

平民のフリをして商業ギルドに出入りする時はこっちの格好だから、むしろ楽でいい。

けれど確かに、ミシェルに会う時はペルグラン公にも会う時だったから畏《かしこ》まった格好だった。大公家主催のパーティーの時は正装をしていたし、両親と会う時や王宮内を案内した時も準正装だ。

こういうラフな姿を見せるのは初めてかもしれない。

その上、港町には気性の荒い船乗りたちばかりであまり治安が良くないので、用心のため帯剣している。それが彼女にとって威圧的に映るのかもしれない。

「いいえ、変とかじゃなくて……」

いつもハキハキと自分の意見を言うミシェルが珍しく言い淀《よど》んでいる。

その目元がほのかに赤い。

それで都合のいい解釈をすることにした。

「格好いい？」

ニヤリと笑って冗談混じりに問うと、驚いたことにミシェルが目元の赤みを増して悔しそうに頷《うなず》いた。

「それは……どうも……」

つられて頬を熱くして、歯切れ悪く礼を言う。

全力で茶化そうと待ち構えていたのに、素直に肯定されたせいでタイミングを失ってしまった。

「ミシェルも可愛いよ」

だからせめてこちらも素直に思ったことを伝える。

ミシェルは「ひぃ」と妙な声を漏《も》らして両手で顔を覆った。

やはりアルコールが入っていない時の彼女は照れ屋で、非常に可愛らしい。

馬車を降りて歩く。

目立たないよう市場から離れたところに停めたから、少し歩くことになるがミシェルは文句ひとつ言わない。それどころか興奮を抑えきれないようで歩調が速い。

並んで歩くと、裕福な商家のお嬢様とその護衛といった感じだろうか。やや後方には本物の護衛が三人ほど。こちらも帯剣はしているが物々しい雰囲気はなく、あくまで護身用といった風情だ。

「すごい活気ね！　王都より栄えてるんじゃない？」

「王都とは種類が違うけど、確かに大盛況だね」

ミシェルの言う通り、晴天なのもあって港は大賑わいだ。

いろんな人種が行き交い、いろんな言語が飛び交い、混沌としている。

「早く行きましょう、ヴィンセント！」

そんな中を、ミシェルは俺の手を掴んで躊躇《ちゅうちょ》なく突き進んでいく。

積極的な行動にドキリとするが、迷子にならないようにというだけだろう。こちらから手を繋いだ時は恥じらうくせに、今はそんなことを気にする余裕もないらしい。

「分かったからちょっと落ち着いて！　転ばないように注意して！」

あっちにもこっちにも気を取られて、ミシェルの足取りには一貫性がない。おかげでこっちは気が気じゃなかった。

俺の心配をよそにミシェルはあちこち上機嫌に見て回って、気になったものを片っ端から買っていく。これはお母様に、こっちはサラに、といった具合で、自分のもの以外の買い物が多いのが微笑ましい。

高級宝飾店なんかとは違って露店の価格帯は低いが、金額を気にする様子はない。こういうところは貴族の箱入り娘といったところか。

護衛たちはミシェルの戦利品を預かり、いつの間にか前が見えないほどに積み上がっている。それでもまだ彼女の興味は尽きることなく、果たして帰りの馬車に積みきれるのだろうかと不安になるほどだ。

あっという間に時間は過ぎていき、昼時を知らせる鐘が鳴った。

「さて、そろそろ昼食にしようか」

「ええ！　そうしましょう！」

ようやくご満悦顔になったミシェルが酒瓶を抱えている。

どうせなら買ったもの全部預ければいいのに、お気に入りの酒だけ抱きしめるように持っているのだ。その足取りは軽やかで、喜びを全身で表しているようだった。

「スキップしてる」

「まさか、そんな。子供じゃあるまいし」

揶揄《やゆ》するように言うが、ミシェルは歌いだしそうな調子でニコニコと返す。

滅多に手に入らない希少な蒸留酒を発見して、俺が本物だと保証したら即座に購入していた。間違いなく今日買ったものの中でダントツに高い。

「お土産《みやげ》にしてお父様と一緒に飲むの」

一緒に、というところがミシェルらしくて微笑ましい。ペルグラン公の喜ぶ顔が目に浮かぶようだった。

「俺も仲間に入れてくれる？」

「ええ？　仕方ないわね、グラスに一杯だけよ？」

渋々といった調子で頷《うなず》くけれど、優しい彼女のことだから実際は平等に飲ませてくれるはずだ。そう信じたい。

「ミシェルって本当に無類の酒好きだよね」

「あら、好きになったのは最近よ？」

呆れ半分に言うと、ミシェルが心外そうに片眉を上げた。

「そうなの？」

「もちろん元から嫌いじゃなかったけど。こんなに好きになったきっかけはあなたよ、ヴィンセント」

責めるような口調で、けれど楽しそうにミシェルが笑う。

「俺？」

「そう。いろんな国のお酒を持ってきてくれたでしょう？　それがすごく美味しくて」

ミシェルが生まれ育ったマーディエフ大公国で主流のアルコールといえば、ぶどうから作られたワインだ。地方によっては別の果実酒もあるけれど、国中に行き渡るほどの生産量ではないし、ミシェルが飲んだことがなくても無理はない。

「飲み比べるのも楽しいし、気分によって全然違うお酒を選ぶのも楽しいから、すっかりお酒が好きになっちゃった」

肩を竦《すく》めながら言う。まるで俺と出会わなかったらお酒なんか興味がなかったみたいに。

「俺のせいってことにしたいみたいだけど、絶対生まれつきだよ……」

初対面の時点であの酒豪ぶりだ。俺と出会わなくてもミシェルの酒好きは開花していたに違いない。

ミシェルはクスクス笑うばかりで否定はしない。おそらく自分でも自覚があるのだろう。

「あ、そこだよミシェル」

「わぁ、大きな建物ね！」

前方にある商業ギルドの貿易関連施設を見て、ミシェルが歓声を上げる。

渡航の許可や積み荷の申請を行うための施設で、王子としてもギルドメンバーとしてもよく立ち入る場所だ。

もちろん今日は仕事で来たわけではない。ミシェルといるのにそんな野暮《やぼ》をするつもりはない。単純に、ミシェルが興味を示したのだ。要はただの見学で、観光客としての立場となる。

一階の一部は酒場にもなっている。ギルドメンバーが仕入れてきた珍しい食材やお酒を出しているので、観光名所としてもそこそこ有名だった。

ミシェルもそれを知っていて、今日の昼食は是非ここでとリクエストされたのだ。

ちょうど昼食時ということもあって、中に入ると大賑わいだった。あちこちから酒焼けしたダミ声が聞こえてくる。

「あの、ちょっと荒っぽい連中が多いけど、みんな悪い人間じゃないから」

ハタと気づいて慌てて説明する。

ついつい忘れがちだけど、ミシェルは公爵家のお嬢様なのだ。上品さとはかけ離れた店内に、怯えるかもしれない。

「そうなの？　全然気にならないわ！」

そう思って表情を確かめると、ミシェルは物珍しそうに店内をキョロキョロと見回して、好奇心にあふれた顔をしていた。

呆れ半分、感心半分でホッと胸を撫で下ろす。

「でも、満席ね。ちょっと待てば空くかしら？」

「どうだろう。ここの連中は際限なく飲むからなぁ」

ミシェルの言う通り店内は満席で、相席すら無理そうだ。どうやら出遅れてしまったらしい。

後日出直すことにして、ギルドの酒場だけをゆっくり楽しむ日を作った方がいいかもしれない。

「よう、ヴィンス！　久しぶりじゃねぇか」

入口に立ったままそんなことを考えていると、馴染《なじ》みの顔ぶれから声が掛かった。

ギルドメンバーの主要人員の一人だ。

ジョッキを持ったまま近づいてくる大男は、浅黒く日焼けした頬を赤く染めてガシッと俺の肩を抱いてきた。どうやらすでに出来上がっているらしい。

「もう酔ってんのか、マグナ。そんなんじゃ海に落ちるぞ」

「海で死ねるなら本望だぁ」

呂律《ろれつ》の怪しい口調でゲラゲラと笑う。

その後ろで、マグナと一緒に飲んでいたメンバーが奥から椅子を引っ張り出して「早くヴィンス連れてこいよ、バカマグナ」と野次を飛ばしている。

もちろん彼らには王子だということはバレている。正面玄関から正装で訪れた時は要人として扱われるけど、この格好の時は一ギルドメンバーとして以前通りに接してくれるのがありがたい。

「お連れさんもどうぞ」

席を詰めて無理やり空けた場所に椅子を置いて、彼らはニコニコとミシェルに勧める。

ミシェルが恐縮しながらも、好奇心を隠し切れない顔で「ありがとうございます」と素直に腰を下ろした。

「綺麗どころ連れてるじゃねぇか、ヴィンス」

揶揄《からか》う気満々のニヤニヤ顔でトーレンという男が聞いてくる。

他のメンツも皆、興味津々だ。

気のいい奴らだが、何度か見合いの愚痴《ぐち》をこぼしていたせいか、俺の女性関係に敏感らしい。自業自得だが、ミシェルに余計なことを言われたらたまったものではない。

「やっぱり別の席が空くまで待とうか」

「その紫色の飲み物はお酒ですか!?　何のお酒ですか??」

席を移動しようと提案した瞬間、ミシェルが身を乗り出してマルティナという女性の持っていたグラスに興味を示してしまった。

それでこの場を脱するのは無理だと悟った。

グラスに透き通る紫。ワインとは明らかに違う色合いの液体は、確かにマーディエフ大公国では見かけない種類のものだ。ミシェルが興味を持つのも無理はない。

お嬢様然としたミシェルの思いがけない反応に、彼らは呆気に取られたような顔になる。

それから顔を見合わせて、ミシェルにニカッと満面の笑みを向けた。

「もしかしなくてもイケる口だね？」

「飲んでみるかい、お嬢ちゃん」

マグナもマルティナも、いい遊び相手を見つけたと言わんばかりの顔だ。もはや俺を揶揄《からか》うことなんて意識の外だろう。

「いいんですか!?」

ミシェルが目を輝かせて言う。

もう頭を抱えるしかない。

昼食と、軽くお酒を楽しむだけのつもりだったのに。ミシェルとお酒が揃うと、宴会が始まってしまうのはもう必然なのかもしれない。

入り口付近で護衛たちが困ったように立ち尽くしている。仕方なく目配せを送ると、心得たとばかりに彼らは空いたばかりの席に着き、食事とノンアルコールドリンクを頼んでいた。長丁場になると判断したのだろう。

「へぇ！　そいつぁ、お目が高いな嬢ちゃん！」

「あたしらも滅多にお目にかかれないよ、そんな上等な酒」

「うふふ、そう言っていただけるとますます飲むのが楽しみになりますね」

入手したばかりの戦利品を誇らしげに抱えながらミシェルが嬉しそうに笑う。

ミシェルはすぐに彼らと打ち解け、あれもこれもと食べさせられ飲まされていた。

「アンタ、いい飲みっぷりだねぇ。そこの番犬が威嚇してこなきゃ、潰れるまで飲み比べするのに」

トーレンが揶揄《やゆ》を含んだ目を俺に向けてくる。

「させると思うか？」

「お嬢ちゃん、今度来る時はそいつを王宮の鎖に繋いで一人で遊びに来な」

悪い誘いを堂々とするマグナのジョッキに、ドバドバと酒を注ぎながら牽制する。

番犬呼ばわり上等だ。

「私にもおかわりいただける？」

「君ねぇ……」

ミシェルが可愛らしく小首を傾げながら催促してくるのに呆れてしまう。守りたい当人がこの調子では、何をやっても無駄な気がしてきた。

だけど結局、ミシェルが楽しいのが一番だ。

諦めて言われるがままに酒を注ぐ。

だって彼女には華奢《きゃしゃ》なワイングラスより、無骨なジョッキが恐ろしいほどよく似合っているから。

「いいぞ！　もっと飲め！」

「こっちも美味いよ。この魚料理によく合うんだ」

「うわぁ、本当に美味しい！　これはなんていう料理ですか？」

船乗り連中は大雑把なもので、腕っぷしと酒が強ければ尊敬される。彼らはすっかりミシェルを気に入ったようだ。

事実、アルコールの入ったミシェルはある意味最強だ。彼女は酔っても上品さを損なわず、理性的だ。どんな話も楽しそうに聞き、どんな話も楽しそうに話すから、あっという間に人気者になった。

「こっちの酒も飲んでみ！　絶対美味いから！」

「いいんですか？　ありがとうございます！」

いつの間にか席に招いてくれたメンバーだけでなく、店内にいた客まで加わっている。

俺が何かフォローする必要なんて皆無で、不貞腐《ふてくさ》れた顔になるのをマグナに揶揄《やゆ》され、ミシェルの見えないところでこっそり蹴りを入れた。

ようやく歓迎ムードが落ち着いてきたところで、ミシェルの紹介と婚約に至った経緯をかいつまんで説明する。

「ってことは、結局お前は王子サマのまんまってことかぁ」

マグナがガッカリした顔で言った。

リンダとの婚約が決まった時、他国の貴族に婿入りしたら王宮とギルドとの調整役を解任されるだろうと話していた。マグナはこれでマーディエフにも太いパイプができるななんて喜んでいたのだけど。

「そういうこと。悪いな」

面倒な調整役を継続してでも、ミシェルとの結婚生活の方が重要だ。

王家を離れてギルド長を目指す手もあるけれど、それだとギルドにかかりきりでミシェルとの時間が取れなくなってしまう。だから、もうその選択肢を選ぶことはない。

まさか自分が恋によって将来を左右されるなんて、少し前までは思ってもみなかった。

「ちくしょう、また後継探しかぁ」

うんざりしたようにマグナが言う。

「おまえがやればいいのに」

「オレぇ？　勘弁してくれよ、そんな器じゃねぇって。あ、トーレン、おまえどう？」

「無理に決まってんだろ、バカ！　マルティナならともかく」

そこから店内で飲んでいたギルドメンバー同士の押し付け合いが広がる。相変わらず騒がしくて楽しい連中だ。

ふと、視線を感じて隣を見ると、ミシェルが何か言いたげにこちらを見ていた。

「何？　どうかした？」

「さっきからずっと気になってたんだけど、言葉遣いがいつもと違うのね」

やや赤いのは酒のせいか、別の何かのせいか。

「ああ、そうかも。ごめん、怖かった？」

一般人を装ってギルドに入り込んでいたから、怪しまれないよう市井の言葉遣いを真似していた。

それがクセになっていて、ここに来ると自然とその時の喋り方になってしまうのだ。

「いいえ、まさか。ただ、ここに来てから何もかもが新鮮で」

少し酔っているのか、とろんとした目元でミシェルが笑う。

そのどこかあどけない微笑に胸が締め付けられる。

「そういや、ヴィンス。調整役続けんなら頼みたいことがあるんだが」

思わず抱きしめそうになる寸前で、マグナに話しかけられて我に返る。

危うくまたミシェルに突き飛ばされるところだった。

「頼み事って？」

「最近荒っぽい連中が増えてなぁ」

自分たちを棚に上げて、マグナが真面目な顔で言う。

「海賊か？」

つい表情が険しくなってしまう。

海に出たところで積み荷を狙った海賊に襲われることはままある。その対策を考えるのも俺の仕事のうちだ。むしろそれらが大部分を占めていると言ってもいい。

これまでにも様々な手を打っていて、減少傾向にあるが根絶するには至っていない。頭の痛い話だ。

「いや、陸での話だ」

「陸？」

首を傾げる。街でのことであれば軍の管轄だ。

「ああ。ここ数年でグッと船の性能が向上しただろ？　おかげでますます繁盛してありがたいんだが、そのあがりを狙ってここらに追いはぎや盗賊まがいの性質《たち》の悪いやつらが住み着いたようでなぁ」

「分かった。警邏《けいら》を増やしてもらえるよう軍に協力を仰《あお》ぐよ」

「話が早くて助かるぜ」

マグナがニカッと笑う。

もともと港町は気性の荒い人間が集まる傾向にある。造船技術が向上したとはいえ、航海は命がけだ。それくらいでなければ務まらないのだろう。

人が増えれば荒事も増える。仕方のないこととはいえ、栄えた場所には悪がはびこるものだ。

「物騒なのね」

眉根を寄せてミシェルが言う。

「嬢ちゃんも高価なもん持ってかれないよう気をつけな」

「ありがとう。気をつけるわ」

神妙な顔をして、戦利品の酒瓶を抱きしめながらミシェルが頷《うなず》く。

確かに、今一番高価なものは間違いなくそれだ。

「そら命に代えても守らんとな」

それを見てギルドメンバーたちがドッと笑う。

「にしても嬢ちゃん、ホントに酒強いなぁ」

感心したように言われて、まんざらでもなさそうにミシェルが微笑む。

「私、こんなに大勢で楽しく飲んだのって初めてです」

ミシェルがそう言うと店内の客たちが沸き立って、もう何度目か分からない乾杯が始まった。

その光景に、ミシェルが朗らかな声を上げて笑う。

確かに貴族が催すパーティーではこんな風に後先考えずに飲んだりしない。せいぜいワイングラスに二、三杯がいいところだ。

それだって男性に限られた話で、マーディエフ大公国では女性が人前で酔うほど飲むのは、はしたないことだとされている。猫を被っていたというのも相まって、きっとミシェルがパーティーを本心から楽しめたことなど、ほとんどなかったのだろう。

楽しそうで何よりだと嬉しくなる半面、ミシェルを取られたような複雑な気持ちだ。

「……俺と二人きりで飲むのは楽しくなかったってこと？」

テーブルの下でギュッとミシェルの手を握る。揶揄《からか》うつもりで言ったのに、いじけたような口調になってしまったのはご愛嬌だ。

ミシェルが言いたかったのは「大勢で」の部分だとちゃんと分かっている。だけど酒宴が縁で婚約までこぎつけた側からすると、少し面白くないのも事実で。

「あなたってたまに意地悪よね」

アルコールのせいだけではない赤い顔で睨まれるが、潤んだ目ではちっとも怖くない。

「そうかな？」

笑いながら指を絡める。ミシェルの顔がますます赤くなった。

「おまけに案外子供っぽいわ」

言い当てられて苦笑する。確かにこれでは大事なものを取られたくなくて駄々をこねる子供だ。こんな独占欲があるなんて、自分でも意外だった。親の愛情を得ることさえ諦められたのに、ミシェルのことだけは諦められそうにない。

「改めた方がいい？」

「いいえ、悪くないわ」

ミシェルが大人びた表情で笑って、そっと指を絡め返す。

この胸の高鳴りを何にたとえればいいのか。

今すぐ誰もいない場所にミシェルを連れ出して、二人きりになりたいという衝動を懸命に堪える。

酒はかなり強い方だし、量もセーブしていたつもりだったけど、どうやら相当酔っているらしい。

ミシェルがこの国で隣にいてくれるということに、自分で思っている以上に浮かれているようだ。

酒場の食材を使い切りそうなところで、ようやくお開きとなり店を出る。

名残惜しそうに別れを告げるミシェルの肩を抱いて、顔馴染《なじ》みたちの前から攫うようにさっさと歩き出す。

「さ、行こ行こ」

「ヴィンセントは挨拶しなくていいの？」

「いいのいいの」

背後からはブーイングの嵐だったが、聞こえないフリをしてミシェルを促した。

外はすでに日が暮れ始め、港町は朝とは一変して閑散としていた。

「もう人がいなくなるのね」

かなり飲んだはずなのに、変わらずしっかりとした足取りで歩きながらミシェルが言う。

終盤は飲むよりギルドメンバーの航海話を聞く方に夢中だったから、その間に酔いが醒めたのかもしれない。

「船乗りの朝は早いからね」

港町に並ぶ店は、王都や中心街とは違って閉店時間が早い。露店の主の大半が翌朝も船に乗る船員だからだ。

「なるほど」

ミシェルが納得したようにうなずく。

アルコールで火照《ほて》っていた頬が、潮風にあたって冷えていく。心地よい浮遊感はまだ残っているけれど、程よい疲労感もあった。

「俺たちも帰ろうか」

「そうね、まだちょっと物足りないけど」

残念そうに言いながらも、ミシェルは素直に引き下がる。

これからさらにどこかを回るには中途半端な時間だった。

「また来ればいいさ」

なにせ滞在期間はまだあるし、結婚したらこれから先いくらでもここに来る機会があるのだから。

そのことが心から嬉しかった。

そう、とてもいい気分で停めておいた馬車までの道を歩いていたのに。

「おやおや、もうおかえりかい？」

前方に、道を塞ぐようにして男が現れた。

下卑《げび》た笑いとロクに手入れされていない服装。どう見ても堅気の人間ではない。

一瞬で酔いが醒める。

後方をついてきていた護衛たちも事態を察したようだ。

「お友達……じゃあ、なさそうね？」

ミシェルも何かを察したように、俺の顔を見て表情を硬くした。

「残念ながら違うようだ」

ミシェルを怯えさせないように、あえて軽い口調で肩を竦《すく》めてみせる。

それからさりげなく腰に佩《は》いた剣の柄に触れた。

「なんだよひでぇなぁ、オレはお友達になりたいと思ってるぜぇ？」

「オレもぉ〜」

「待て待て、俺が先だろ」

男の言葉を皮切りに、ゾロゾロと似たような風体《ふうてい》の男たちが出てくる。どうやら建物の陰に隠れていたらしい。

なるほど、こいつらがマグナの言っていた連中か。

すぐにピンときてため息を吐きたくなる。

「お友達料として、金目のものは置いてきな」

「お嬢ちゃん随分羽振りがいいみてぇだからお小遣いもくれよ」

おそらく、いいところのお嬢さんが散財しに来たようだと、昼間の時点で目をつけられていたのだろう。

買い物中、値踏みするような視線を時折感じてはいた。けれどまさか全員がグルだとは思っていなかったせいで、油断していた。

どいつもこいつもニヤニヤへらへら薄ら笑いを浮かべていて、妙な余裕がある。

おそらく何度も同じようなことをして、それが成功してきたのだろう。

うんざりしながらミシェルの前へ進み出る。

「さっきみんなが言ってた追いはぎ……？」

「たぶんね」

言いながら相手の数を数える。ざっと二十人といったところか。

野盗崩れにしては人数が多い。頭数で割れば大した稼ぎにはならないだろうが、数に物を言わせ、威圧感を与えて相手の戦意を削《そ》げば大した労力もなく奪えるのだろう。そう考えればいいのかもしれない。

こちらも護衛が三人いるが、荷物を持たされているのを見て、ほぼただの荷物持ち要員とみなして舐めきっている様子だ。

だけど残念ながら、彼らは王族警護を任された精鋭たちだ。末端の第十五王子だろうと、そこはきちんとした人員が割《さ》かれている。もちろん全員手練れだし、鍛えているおかげで俺の実力も彼らの足を引っ張るものではない。

「加勢をお願いできますか、ヴィンセント様」

ため息交じりにそう言いながら、護衛たちが隣に並ぶ。

外国の危ない場所でも躊躇《ちゅうちょ》なく入っていく俺にいつも付き合わされている面々だ。荒事には慣れている。むしろまたかと呆れた様子でさえある。

「ああ、もちろんだとも」

苦笑しながら鷹揚《おうよう》に頷《うなず》く。

大人しく見ていろと言ったって、聞きやしないこともよく理解してくれている。だったら最初から共闘を前提とした方が連携を取りやすい。過去の経験からの判断だろう。

よく出来た護衛だ。

臨戦態勢を取るため、彼らは丁寧にミシェルの荷物を地面に置く。

そんな様子を見て、追いはぎたちは交渉成功とでも思ったようだ。

「ヒヒッ、素直でいいじゃねぇか」

「お嬢様に傷がついたら大変だもんなぁ」

「抵抗したら攫っちまうつもりだったから利口だぜぇ？」

ゲラゲラと笑い始める男たちを前に、護衛たちと同時に鞘《さや》から剣を抜き放つ。

ピタリと下品な笑い声が止まり、にわかに男たちが殺気立ち始める。

「ミシェル、下がってて」

背後のミシェルを振り返り笑いかける。

ミシェルがコクコクと頷《うなず》いて、青褪《あおざ》めた顔で後退《あとずさ》った。

「……んだぁ？　てめぇら」

追いはぎたちが短刀や斧を取り出し身構え始めた。あまりにも行動が遅い。

この時点で大した相手ではないという予想はついた。

「行け」

俺が言うのと同時に護衛たちが静かに駆け出す。

とはいえ、ミシェルに血なまぐさいシーンを見せるわけにはいかない。彼らもそれは心得ていて、極力惨《むご》くならないよう刀身で相手の得物を弾き飛ばし、柄を叩きつけ腕を折り、顎を蹴り上げ意識を失わせる程度にとどめてくれた。

あちこちで悲鳴や呻《うめ》き声が上がる。

相当に加減をしたが、ただの野盗崩れがまともに訓練しているわけもなく、勝敗が決するまで長くはかからなかった。

「ふう」

地面に倒れ伏す者、相手が悪かったと戦意を喪失して逃げ出す者。

護衛たちが相手にしていた者たちも含め、片が付いたのを見届けて嘆息《たんそく》する。

「終わったよ」

ミシェルを安心させるように微笑みかけると、身体の緊張を解いてホッとした顔になった。

「ヴィンセント様」

護衛に呼ばれて振り返る。

「警備隊の者を呼んで参ります」

「ああ、頼んだ。逃げたやつは追わなくていい。それとギルドの方にも報告を」

剣を鞘《さや》に納めながら護衛たちに指示を出す。

「ヴィンセント、危ない！」

ミシェルの鋭い声が聞こえて反射的に振り返る。

気絶させたと思っていた男が短刀を振り上げ、襲い掛かってくるところだった。

咄嗟《とっさ》に柄に手を掛けるが間に合わない。アルコールのせいで思っていたより勘が鈍っていたらしい。一瞬のうちに後悔が脳内を駆け巡って、一撃をもらう覚悟で腕を盾にする。

同時に鈍い打撃音が聞こえた。

想像していた衝撃はこなかった。

野盗が白目を剥いて、足から崩れ落ちるように倒れる。

一拍遅れて、ミシェルが酒瓶で思い切り野盗を殴ったのだと理解して唖然《あぜん》とした。

なぜかミシェルも唖然《あぜん》としている。

「嘘！　どうして!?　お芝居だと瓶《びん》が割れてちょっとよろけるくらいなのに！」

ミシェルが青い顔で酒瓶と野盗とを何度も見比べ慌て始めた。

どうやら思っていたのと違う結果になって焦っているらしい。

「ああいうのは簡単に派手に割れるように飴細工でできているんだよ……」

ピンチを免れ脱力しながら言うと、ミシェルがますます顔を蒼白にして涙目になってしまった。

もちろん死んだりはしていないだろう。

ミシェルは標準的な女性だから、大した威力はなかったはずだ。

だけど「どうしよう、死んじゃった？」と深刻な顔でオロオロするミシェルに、そんな場合ではないというのに笑いが込み上げてくる。

「夫婦喧嘩になったら真っ先に謝ることにしよう」

瓶《びん》で殴られたらたまらない、と怯えたように言うとミシェルは涙目のまま「殴らないわよ！」と猛抗議してきた。

「ごめんごめん。でも助かったよ、ありがとう」

強く握り締めたままの酒瓶から、そっと手を外してやりながら礼を言う。

実のところ感動してもいた。

だってあんなに大事そうに持っていた酒瓶を、俺のためなら躊躇《ちゅうちょ》なく割ってもいいと思ってくれたんだから。

そんなところで愛を実感するのもどうかと思うけど、胸が震えたのは事実なのだからしょうがない。

「殺されちゃうかと思った……」

ミシェルが小さく呟く。

瓶《びん》から離れた手は震えていて、それでもうたまらなくなってミシェルを強く抱きしめた。

「心配させてごめん。もうしない」

突き飛ばされることはなかった。

腕の中でミシェルがしゃくりあげるように泣き始める。

護衛の一人が気を利かせて、気配を消したまま俺の手にあった酒瓶を回収していく。

改めて両腕で抱きしめると、ミシェルが応えるように俺の背を強く抱き返した。

呼びに行った護衛と共に駆けつけてきたアンバーポールの警備兵に追いはぎたちを引き渡す。

幸い、ミシェルがトドメをさした男は気絶しているだけだったようで、意識が戻った途端何ごとかと喚き始めてうるさかった。

ミシェルはホッとため息を吐いた後、「じゃあ帰りましょうか」と気の抜けた声で言った。

帰りの馬車の中、ミシェルはこちらに寄りかかり、安心しきった顔で目を閉じた。

支えるように肩を抱く。すぐに寝息が聞こえ始めた。

朝が早かったし、慣れないことばかりでさすがに疲れたのだろう。

その上、帰り際にあんな目に遭って。

今回のことで、彼女は国外に出るのが嫌になったりしていないだろうか。

「ああ、楽しかった！」

そんな俺の心配をよそに、目を覚ましたミシェルが心から楽しそうな表情で言う。

メイドが眠気覚ましにと淹《い》れてくれた紅茶が美味しかったようで、王宮に戻ってからはむしろ上機嫌なくらいだ。

「また連れていってね、ヴィンセント！　次は大市じゃない日の様子も見てみたいわ！」

少しも輝きを失っていない笑みだ。そのことにホッとしながら、俺も笑う。

「お酒が無駄にならなくて良かったね」

ソファに並んで深く腰掛け、ようやく人心地が着いたこともあって、いつもの軽口を叩く。

「本当にそうね。あんな悪党にくれてやるには惜しいお酒だもの」

涙の痕《あと》はまだ痛々しかったけれど、安心した途端にこの言い草かと笑ってしまった。

正直、彼女のこの切り替えの早さを尊敬している。

「貴重な体験ができたね」

普通の女性だったら、こんなことを言えば怒るだろう。

「ええ、本当に。あなたといると面白いことばかり」

だけどミシェルは皮肉とも本気ともつかない表情で深く頷《うなず》いた。

「それはこっちのセリフ」

肩を竦《すく》めて言い返す。ミシェルといると何もかもが新鮮で楽しいことばかりだ。

けれど、ミシェルはどうだろう。この国に来てたったの数日だが、ミシェルの想定とは違うことばかりが起きているような気がする。

素の俺を見せるたびぎこちない表情になるのは、本当は幻滅しているからなのではないか。

「引き返すなら今だよ」

不安を隠すようにおどけて問う。

もう何度も似たようなことを聞いている気がする。情けない話だ。

「引き返す？　冗談でしょう。どんどんあなたを好きになっていくのに」

だけどそんな不安を、吹き飛ばすようにミシェルが不敵に笑う。

自分の価値を信じ切れず、すぐ不安になってしまう俺と違って、彼女はなんて格好いいのだろう。

思わず見惚《みと》れて、しばしの間呆けてしまう。

親の愛がなくても、王族としての価値がなくても、自分には彼女がいてくれる。

それだけでなんと幸せなことか。

「……俺も。ミシェルのこと、どんどん好きになってく」

その笑顔の眩しさに目を細めながら、無意識にミシェルの首筋に触れる。

ミシェルが恥ずかしそうに瞼を伏せる。さっきまではあんなに格好良かったのに、今はただひたすら可愛くて愛おしかった。

そのギャップにグッときて、衝動的にキスをした。

真っ赤な顔で突き飛ばされてしまったけれど、後悔はなかった。

こんなに愛しいと思える人は、世界中のどこを探したってもう見つけることはできないだろう。

この作品に対する皆様のご意見・ご感想をお待ちしております。

おハガキ・お手紙は以下の宛先にお送りください。

【宛先】

〒150-6019 東京都渋谷区恵比寿4-20-3 恵比寿ｶﾞｰﾃﾞﾝﾌﾟﾚｲｽﾀﾜｰ 19F
（株）アルファポリス　書籍感想係

メールフォームでのご意見・ご感想は右のＱＲコードから、
あるいは以下のワードで検索をかけてください。

アルファポリス　書籍の感想　検索

ご感想はこちらから

本書は、「アルファポリス」（https://www.alphapolis.co.jp/）に掲載されていたものを
改稿、加筆、改題のうえ、書籍化したものです。

浮気《うわき》されて婚約破棄《こんやくはき》したので、隣国《りんごく》の王子様《おうじさま》と幸《しあわ》せになります

当麻リコ（とうま りこ）

2024年　4月　5日初版発行

編集－堀越啓世・森 順子
編集長－倉持真理
発行者－梶本雄介
発行所－株式会社アルファポリス
〒150-6019 東京都渋谷区恵比寿4-20-3 恵比寿ｶﾞｰﾃﾞﾝﾌﾟﾚｲｽﾀﾜｰ19F
TEL 03-6277-1601（営業）03-6277-1602（編集）
URL https://www.alphapolis.co.jp/
発売元－株式会社星雲社（共同出版社・流通責任出版社）
〒112-0005 東京都文京区水道1-3-30
TEL 03-3868-3275
装丁・本文イラスト－煮たか
装丁デザイン－AFTERGLOW
（レーベルフォーマットデザイン―ansyyqdesign）
印刷－中央精版印刷株式会社

価格はカバーに表示されてあります。

落丁乱丁の場合はアルファポリスまでご連絡ください。

送料は小社負担でお取り替えします。


ISBN978-4-434-33630-0 C0093